丹妮婊姐
人生哪來那麼多
可是

No "But"

目錄 | Contents

o"But"

有押韻

道理人人都知道，只是做不到

哈囉表弟妹，喔，如果你剛好是路過，壓根不知道我是哪位的，我要說，這是一本很不典型的心靈勵志書籍，是要用全新的方法來幫你解決一些常見的人生鳥事。

雖說整本書我自稱丹天師，但天師本人還真的完全不知道，世人會不會喜歡或接受這種非典型的勵志書哈哈哈。

不過，世界上也沒片商或演員知道自己的電影到底會不會大賣，不然就不會有賣掛的爛片了，例如電影《海邊》。

我還真的從沒想過我會寫出一本心靈勵志類的書，倒是一直想著，到底何時會拍武打電影還是唱春晚哈哈哈，根本沒想寫勵志書，因為勵志書世界上應該有一兆本吧，哪需要我啊，該問的跟該回答的全都答光了啊。

　　這本書裡提及的問題，絕大部分是來自表弟妹寫信問我的，經過挑選跟分類，然後就發現，問來問去怎麼都很類似。就以愛情這個項目來說，台灣的愛情專家巨星還不少，很多還比明星紅，世界上所～～有愛情問題也問光光了吧！但我沒料到平常來問我問題的表弟妹，一大半以上都問愛情，我每一個問題都想說「請去看女王或喬治先生」，哈哈哈哈哈，他們都答得超好，而且超多人分享。

　　但不行，這樣我這本書會變得比全聯DM還薄，定價會太便宜，我版稅賺個屁。所以我就開始思考，真的是很用力在思考，用盡力氣，就是腦在做重訓，我腦子現在剖開裡面應該是一個肌肉糾結的大腦，腦阿諾那樣。

　　到底為何明明已經有標準答案的問題（例如，那個男生一直周旋在我跟另一個女生之間，我該放棄嗎？）還會一直要重複的問問問。

　　喔！因為道理是拿來轉PO分享在臉書的，不是拿來執行的哈哈哈。道理大家都懂，但就是辦不到，所以才會一直問同樣的問題！而且活這麼久以來，我發現世人大多數並不想執行正確答案，例如上面那例子，

正確當然就是分手，愛情專家還會叫你要愛自己。

　　但被每個人都罵一輪，約莫一個星光大道這麼長，最後，苦主補一句：「可是我不想分手／可是我還是喜歡他。」

　　我真的是用老派方式跌倒，胡瓜那種。這句不能早點出場嗎？因為重點只有「可是」這句，所以擺到最後壓軸出場嗎哈哈哈。

　　早年的我，跟多數人一樣，每次遇到周遭有這種可是可是可是，「可是王」，當然都是想要直接捏爆水晶球。但我自己在人生當中，還真曾遇過類似的事情：腦子知道要怎麼做，呦呼～～但就是做不到。腦子跟四肢系統無法同步，一個是windows一個是apple啦。舉一個很普羅的例子：腦子明明知道吃炸雞會肥，但還是要吃。

　　因為能體會那種感覺，所以每一個收到的問題，我都很用力地想出可以確切被執行的答案，讓系統相容的意思，而且很多答案我自己親自下海做過。

　　或許，有些人會覺得我沒有認真回答問題，太綜藝。那我還真的要

恭喜你，表示你人生並沒有什麼困擾你的事情；或是遇到困難，世界上的標準答案或道理，你可以確切地運用並且成功執行。像是：「我沒有自信怎麼辦？」標準答案會是：「你要先愛自己！你是很棒的！要有自信！」然後下一秒你就有自信了。那～～你還真的是完全不需要這本書，連買來蓋泡麵都浪費哈哈哈。

　　的確，我寫出的答案都不是典型的，但我是真的超認真在回答，精心思考並且訂出很明確、可被執行的步驟，因為我深刻了解到，很多人都苦於無法執行現今世界上存在的標準答案，阿就愛不了自己啊，是要棒啥小啦！

　　不過放心，這本書裡面所集結的問題，不單只是愛情，還有很多人生其他面向，工作或人生抉擇等等，都是很多人會遇到的，有好幾題連我自己都遇過啊。

　　因為我想要全方位藝人，影歌視三棲，所以不能只回答愛情。沒有愛情煩惱的你可以先跳過愛情篇，等以後有煩惱再來翻好了哈哈哈。

丹妮婊姐 人生哪來那麼多 可是

　　人生在世，因為不知道是明天先到，還是無常先到❶，所以必須把握當下。嗯，真有道理，那我還是先去買一咖我很想要的YSL包好了，喔不是，重點又歪了，我意思是：

　　所以我一直以來，訓練自己盡量加速並且圓滿地處理各種人生煩惱，把自己的困擾在最短的時間內降到最低；當然不可能完全沒煩惱，我還是很煩惱為何蘇志燮還沒追我，但這題目前無解。總之，就是把煩惱盡量降低，讓我處於一個偏向快樂的人生。我個人是沒有什麼「可是」，因為我腦子會想出各種方法來解決問題！

　　這本書就是希望能幫助你們降低煩惱，以「可被實地演練確切操作並且人人都辦得到」的方式來化解人生中的鳥煩惱！道理做不到，但SOP總做得到。少在那裡跟我「可是」，要「做」不要「坐」，做了有機會不糾結，坐著就真的只能繼續糾結。

　　希望表弟妹（或是你根本不知道我是誰的）能因為這本書而有更爽一點的人生。畢竟人生在世大家都在求各種爽，而且上人那句，不知道明天先到還是無常先到，所以先去微風廣場報到……阿不對，我不能再

想買包的事情。我是要說，在無常來到之前，保持愉快且富足的心靈狀態，很重要啦。要爽爽的死還是帶著憤恨死，當然是爽爽的死，到地獄才能跟同儕說嘴啊哈哈哈哈哈。我希望大家能夠快樂，所以寫出了這本勵志書，在你們黑暗的時候，搞不好這裡面的哪一段落或哪段話，成為你的GPS。

最後，我總算寫出一本能被分類的書了，書店的店員不會再為難想要燒書了（因為第一本真的很難在書店被分類，世界上沒有脫口秀類的書。）

---

① 證嚴法師《靜思語》裡面的一句話。

Part 1

沒有愛，還是可以活

1

結婚，
真的有比較幸福嗎？

　　我這輩子最大的願望，就是找一個老公，生兩個孩子，經營一個美滿幸福的小家庭！

　　最近認識一個男人，我們約會過幾次，其實我沒有很喜歡他，他不是我的理想型，也有很多缺點，我們相處的時候都會忍不住吵架……但是，我真的很想有個家庭。身邊的朋友都要我再找找，可是我覺得自己年紀也差不多了，再等，怕會生不出來。請問婊姐，我到底該怎麼辦？

丹妮婊姐
人生哪來那麼多 可是

　　我有一個很經典很棒的真實故事，我祝福那女主角永遠永遠，到投胎前都不要看到這篇文章哈哈哈哈哈，投胎後也不要看到好了。天啊，不要恨我！

　　好，這位非常想結婚生子，就叫她「結婚控」好了，我猜想她應該是從國中就開始幻想自己的婚禮之後生個胖娃娃，幸福到老，因為所有言情小說都這樣寫，然後從此把結婚生子當做人生志向。順便解釋一下名詞，「結婚狂」就不是這意思，結婚狂通常是新娘，是指對婚禮的所有細節都要超級嚴格，一個失誤，例如喜帖印出來顏色有點太淡，新娘就會──立刻2012世界毀滅！

　　但殊不知全台灣收到喜帖的人頂多都是撐到過年，就直接進垃圾桶好嗎？誰care你喜帖顏色是否少了點粉！我的總監爾康說：「我朋友他喜帖就是用最便宜的大紅色土喜帖，因為我朋友媽媽說，這種東西送到人家家裡就是：喔星期六結婚喔～～好。然後丟掉。」

　　回到結婚控那位女孩，她這幾年就一直非常勤勞地交男朋友，她條件頗不錯，所以也一直都交得到，但就是都愛不對人，陸陸續續都分手。但因為她晃了這幾年，已經到了卵子快要滅種的年紀，

就是再不使用卵子，此生都無法用了的那種年紀，所以她情急之下，決定嫁給一個——她很多年以前打槍的男生。狗急真的不只會跳牆，還可以跳喜瑪拉雅山。

　　然後他們辦了婚禮，因為結婚控非常非常非常想要有自己的小孩，所以拚了命想要趁卵子罷工前懷孕，我懷疑她就是為了跟男人大幹很多場然後快點繁衍後代而結婚。但搞老半天就是沒懷孕，一般男人精子數量不都是堪稱郭台銘富翁嗎？億來億去。檢查之後發現：啊，原來老公精子零！不是一百萬或兩百萬，是零！精子破產。

　　我們當時就建議她，要不要考慮領養？但婆婆跟結婚控都很堅持要是自己家族的血脈，完全把好萊塢明星流行領養這件事情當作屁。對，老外領養全都白痴，都不是自己血脈，華人就是血脈控。所以他們做出了一個決定，叫做：用老公的弟弟的精子人工受精懷孕生小孩。

　　對，小孩以後要叫叔叔爸爸還是叫爸爸阿背① 呢？爸爸、阿

---

① 阿背：台語，伯父，父親的哥哥。

背、叔叔，傻傻分不清楚！

OK，科技昌明，結婚控很辛苦很辛苦的，總算成功受孕然後生下小孩。喔，不過小孩不滿一歲，結婚不到兩年的時候，他們離婚了。我想包紅包的親朋好友都這樣想：哈哈哈！早知道包兩百就好！

因為個性完全不合！結婚控多年前討厭這男生的點，多年後，她還是討厭，還更討厭，討厭到孩子都生了還是死命要離婚！所以她現在回到娘家，自己上班，當個單親媽媽。

結婚不是幸福終點站

很多人把結婚定義成幸福，把結婚定義成得到幸福的一種方式。「我結了婚人生才會幸福。」這真的邏輯崩毀，拜託！買了彩券等於中頭獎嗎？做投資等於變巴菲特嗎？幸福的形式有很多種，結婚只是其中一條路，但不等於終點幸福站好嗎？就很像你很想變瘦，變瘦方法有很多種：慢跑、重訓、游泳、吃風等等，但不等於你做了就是瘦子好嗎?!

　　《歌喉讚》②那胖妹一週運動五天啊，但她是瘦子嗎？（我真的不知道她幹嘛運動天數比我多。）出了唱片就是巨星嗎？

　　把結婚生子當作幸福終點的人根本邏輯該重修！我那結婚控朋友後來成天跟大家講她有多厭惡她老公，不是那種開玩笑的方式，而身上若每個細胞都有嘴巴的話，你問她：「妳討厭老公嗎？」她的全部細胞會一起張嘴大喊：「我恨！我恨！我恨！」（還回音），我真的不覺得她是幸福的。

　　當然我沒有不贊成結婚，大家絕對是可以渴望結婚的，或是適合的話，以結婚為前提交往。

　　只是，為了結婚而結婚，為了趕快使用卵子而結婚，真的就是很容易逼我紅包包兩百，因為太容易婚姻不幸了哈哈哈。

　　誠心建議想清楚到底是為什麼而「很想結婚」？老梗的理由是「人生這樣才完整啊」、「想要快點生小孩」、「給長輩開心啊」

---

② 《歌喉讚》（Pitch Perfect）：2012年美國上映的喜劇電影。獲得眾多好評，盛讚其豐富多元的音樂元素，及逗趣幽默的劇情。對主角之一的瑞貝爾・威爾森（Rebel Melanie Elizabeth Wilson）表現更是大受讚賞。

之類。人生完整我贊成啦，狗急跳牆結婚然後離婚不就更完整，連婚都離過人生超完整。

其實很多人想結婚，除了上述那些老梗理由，說來說去就是想要幸福。會急著結婚的人，說穿了就是，把結婚定義成幸福。

我曾經看過一個網站，站長是兩個老公劈腿的大老婆，她們一起寫了一系列的老公外遇SOP，或是如何面對老公外遇的文章，寫得真的非常好，而且很有智慧。我隨性看了幾篇，後來看到留言數，靠，巨星，留言怎麼這麼多？我就滑下去看，一看，天啊！全台棄婦都聚集在這網站！

每個留言都充滿了最深沉的恨，例如：

今天是情人節，而我現在挺著大肚子一個人在家，老公跟那野女人去約會了！我一個人在家邊哭邊看這裡的文章。雖然我充滿了恨，我恨那女人，但為了孩子，我會繼續努力blablabla……

不誇張，裡面成千上萬的留言，都是這種的。還有例如：

一開始老公都說要加班，越來越晚，我都傻傻的相信他是跟同

事去應酬、打球睡同事家、喝酒等等，後來驚覺不對勁，查了他對話紀錄。有時好想狠下心來跟他離婚，但我怎麼捨得放下我的兩個小寶貝，他們是那麼的貼心。每當他跑出去找那女的，而我在家哭泣時，他們就會跑來安慰我不要哭，給我惜惜、那時更加的心酸……他這樣對我，讓我好恨他！怎麼原諒他、放下他！這星期他跟我說他會跟外面那女人切斷關係，但從他的聊天紀錄，卻又顯示，他說他會照顧那女人一輩子（大哥你也刪一下對話好不好？到底多懶？）又讓我第二次打擊blablabla……

　　我把整個外遇陣線聯盟的網站每一篇文章還有留言，全部看完，當時還寫信給站長，說感謝站長妳們寫這麼好的文章來給大家支持。站長當時還回信：謝謝妳，也希望妳能成功挽回婚姻。

　　喔但其實我沒有結婚，我感謝的原因是因為爬文後，完全不想結婚！

　　結婚真的有比較幸福嗎？誰敢跟我說結婚肯定比較幸福，我立刻單腳下跪，給他網站網址，還請他喝一杯紅酒！

　　如果！真的沒有遇到很適合的結婚對象，就一個人好好過日子，還是有朋友家人工作自己的休閒活動。痛苦是可以被比較的，當妳在哀怨沒人可以結婚的時候，可以到那網站爬文，看多少女人挺著大肚子半夜在家裡哭，但老公正在外面上別的妹。有些女人想離還不敢離，因為離了就沒錢。拜託，單身的妳幸運多了好嗎？

　　沒有結婚，也絕對是要好好照顧自己，身材顧好臉蛋顧好皮膚也顧好，請讓自己保有戀愛市場的競爭力！

讓自己保有戀愛市場價值

　　有一次我遇到幾個大學生，他們聊天的時候說到某一個教授脾氣非常差，經常對他們嘶吼，典型恨世界。我問：「他是男生還女生？」大學生：「女生。」

　　我說：「她年紀很大沒有嫁掉單身也沒男友對不對？」

　　大學生：「對！」

　　因為我高中有一個老師，她就是一模一樣的人，LGB團團長，老孤婆團！而且就是沒打扮、沒保養、沒有男人追的。她很常上一

秒還在笑，下一秒又恨世界，上她的課真的是坐笑傲飛鷹 ③ 而且沒繫安全帶。

　　我高中的時候有另一個老師，她也是沒有嫁人，一把年紀，但她就非常非常和藹，每天打扮得漂漂亮亮，有一次還很開心的對學生說：「雖然我沒有嫁人，但我的錢都自己花，每年寒暑假都會出國。」

　　雖然我是不知道和藹老師有沒有男朋友，但她真的風韻猶存，把自己的外表維持得很好，就算沒嫁人也一定有男人追。

　　我剛剛說一定要保有戀愛市場的競爭價值，為什麼？拜託，你看過哪一個單身女，但很有男人緣很多男生追求，會這樣心情笑傲飛鷹恨世界的？

　　怎麼講著講著，好像扯成都是女生。我不是偏頗，但因為我真的很少見到脾氣很差恨世界的單身男人，通常這樣恨世界的男生就只是天生純粹的瘋子而已，無關有沒有娶到老婆或戀愛哈哈哈。

---

③　六福村最驚險刺激的遊樂設施。瞬間最高時速122公里，還會90度垂直俯衝！

　　最後，記住，絕對可以多走跳多認識異性，誰知道哪天你／妳
會遇到真愛，戴愛玲的〈對的人〉請進錢櫃用心唱一次。

2

遇上恐怖情人，與其被情殺，還是參加對方喪禮比較好！

　　我跟一個男人交往，我想分手，但一直分不掉。為什麼我離不開他？是因為每次我說要離開他，他就會一直哭，然後說一些他想要自殺、活不下去之類的話，讓我覺得自責。萬一我真的離開，他自殺了怎麼辦？我真的很傷腦筋，第一次談戀愛就遇到這麼爛的人，不知道該怎麼處理。請問婊姐，我該怎麼辦？

　　有一種恐怖情人，不會暴力威脅，只是被提分手，會以死相逼不准對方分手。

　　這種人有男有女，都很恐怖，我姑且稱為：連鬼都怕的情人。

　　要自殺，跳樓只要一秒。但鬧自殺要很多天。真正要自殺的人，很高比例（不是全部）都是一個字不吭，自己就去自殺，誰在那裡花時間跟你們昭告天下。好啦真的有人會昭告天下之後自殺成功，但比例真的很少。

　　遇到這種情人，很多人苦惱的點在於，很怕真的離開了，對方就自殺，自己要負起法律還是道德方面的責任。所以就一直苦蹲在這愛情的牢籠。

　　法律部分，舉例：我愛蘇志燮愛得要死，他今天結婚，我去自殺，我遺書寫：「因為蘇志燮結婚所以我要自殺。」會有警察去逮捕他嗎?!蘇志燮會有刑事責任嗎？（備注：前提是你沒有真的叫對方去死。）

　　至於道德責任要不要負？我們誰也不希望周遭有任何人自殺！就算是已經分手的另一半，當然～～我們不希望他們用任何方式死

亡或自殘！（婊姐強調，生命很珍貴）但也許……

　　一個人如果連分手的挫折都受不了的話，那他還是乾脆死一死好了。

　　世界上有一兆件比分手更挫折的事情好嗎？之前非洲有個八歲還十歲的小女孩因為太窮太餓，最後為了一顆水煮蛋，跟一個中年男人當場打一炮，打完炮後立刻飛撲去狼吞虎嚥那顆水煮蛋，她都沒自殺ㄟ（備註：這故事是真實的，不是我捏造的。）或是從ISIS（伊斯蘭國）裡面逃出來的少女，她們被綁架進去當性奴隸，每天關在那裡被強暴或是被揍，即使陰道嚴重出血，照樣繼續被強暴。她們也沒自殺。

　　總之，遇到被提分手就大鬧自殺的苦主，你們都很怕對方真的去死，你們也會心軟、會自責、會心虛，但就真的無法再跟恐怖情人交往了，到底該怎樣越獄？

　　最高最大原則是：不要有人死。

　　畢竟生命很珍貴。一開始苦主們還是必須先好說歹說，當然是以安撫對方情緒為主，但基本上講來講去也是沒用，你不可能講過

他，沒人可以講得過因為被分手就吵要鬧自殺的人——因為苦主都講道理啊。這是最基本的第一步驟，人人都知道，我就不多說。以下是出獄方法。

方法一：變成對方最討厭的那種人。

你們畢竟交往過，總該知道對方討厭哪種人吧？好啦對方喜歡乾淨的人，你從今天開始就不准給我洗澡刷牙，每次見到他之前就是去給我吃大腸臭臭鍋；對方要是不喜歡散漫的人，你從今天開始給我每天睡到遲到去上班，週末就是沒到下午四點不准起床。當然，不要一下子做過火，不然會馬上被識破：所以你現在是故意讓我討厭你對不對！

這是一種長期抗戰，要讓他慢慢開始討厭你，等到對方喜歡上新的人，到時就恭喜你，請把印章雙證件準備好，辦瘋子過戶手續給下一個倒楣鬼了哈哈哈。

方法二：準備好朱立倫的鑼。

朱立倫總統敗選的道歉晚會上，他每說一次對不起，鞠躬，主持人就會在後面大聲說對～不～起～～然後旁邊就有一個人，大力敲一下鑼。

這是我最喜歡的道歉橋段哈哈哈。喔好，這意思是，今天你不管因為什麼理由要跟對方分手，請把連鬼都怕以及連鬼都怕的家長──沒家長就約親人或好朋友──全部一起約出來，用朱立倫道歉大會方式，跟他們說：「對不起，是我不好，我無法再照顧你的女兒／兒子。（鞠躬，然後敲鑼。）但因為您的小孩無法承受分手，一直很想不開要自殺，希望叔叔阿姨能好好關心她／他，多勸勸他，不要讓她／他做傻事，」

但這方法的前提是，對方的父母是正常人。

我朋友遇到一個等級很高的瘋婆娘，我朋友理性提分手之後，女生開始一直鬧自殺，哭鬧上吊瘋婆娘全餐。還以美國人份量，不斷轟炸我朋友，而且繼續住在男生家裡，吃他的用他的花他的。這女生還說，她一直看見鬼嬰兒一直跟著她，她很害怕，沒辦法吃

飯沒辦法睡覺（這女生很久以前因為這男生墮胎過，這不是分手原因，這裡就不談論墮胎這件事情）。她的理由非常有創意，在此獻給所有瘋婆娘當參考。

這女生還說：「我要回婦產科回診，我身體被你弄得很差，醫生說我很可能無法再度懷孕了，都是你的錯！」

我朋友有一次真的很擔心殺去，看掛號預約單根本沒這人，我朋友問護士，結果護士一查電腦，從沒有這病患。根本是去喝下午茶！

搞得我朋友只好來問我三太子在哪裡哈哈哈，我聽完之後說：「可是都早早墮胎了，還沒長大，怎麼會是小孩的樣貌跟著她，好歹也要是胚胎的樣貌吧？」

好好好，我還是不能見死不救，婊姐情與義值千金。我朋友真的很擔心前女友要被鬼嬰兒嚇死，我只好交出了我珍貴的三太子地址（三太子故事，可以見我部落格或是第一本大作），隔天我朋友說：「她死不進去三太子，她說她不去這種地方！」

哈哈哈當然不進去啊，因為三太子會說：「小鬼在哪裡我怎沒

看到?!」

　　所以當時我朋友實在受不了，要去找對方媽媽談的時候，我想說不對，這婆娘是很罕見的玩家級瘋，都可以演被鬼跟了，感覺媽媽是大瘋婆娘才會養出小瘋婆娘。

　　他去之前，我說：「感覺媽媽更瘋，但現在也只能去走一趟，賭賭看了。」

　　我朋友以舉辦朱立倫規格的道歉大會鞠躬：「阿姨對不起我無法繼續照顧您女兒，我們已經分手了，希望您可以好好照顧她。我現在必須遠離您女兒，她才能走出來。」

　　瘋婆娘媽媽說：「我女兒就這麼好欺負嗎？你覺得把我女兒丟回家就沒你的事？我女兒睡覺還哭著醒來，卻笑著說：『媽咪真的對不起，我變成這樣，但我很努力要好起來！』總之，阿姨希望你繼續載她上下班，或是繼續住你那邊，她現在身體不能太累。」（備註：男生家離女生公司比較近。）

　　丹天師水晶球很少出錯，我完全料到媽媽更瘋哈哈哈，所以，這方法我要有所強調，不見得會很有用，但是還是可以嘗試。

　　我周遭朋友都專交蕭查某，所以蕭查某（或蕭男人）因為分手要鬧自殺的故事我真的聽得很膩，到現在全都活超好沒半個自殺成功好嗎？連真正爬去頂樓的都沒半個。很值得慶幸的，目前都沒人死，萬歲！比婊姐喊要拍李安電影還嘴砲。

　　如果該做的都做了，對方還是不停以死威脅呢？但我寫到這裡不是要各位這樣想：喔反正他也不會真的去死，那我就很消極的跟他耗。

　　因為我朋友的蕭查某前女友從一路鬧自殺，「我要死我要去死我要自殺。」台詞變成：「我要殺了你再自殺！就算沒把你殺死，也要讓你活得很痛苦！」（而且這人的職業還是老師哈哈哈。）

方法三：快逃！

　　在此給任何被恐怖情人吵要自殺的人一句至理名言：

　　快逃，因為與其被情殺，還是參加對方喪禮比較好！

　　現在你該做的就是想辦法消失在地球表面，因為他喊要自殺，喊著喊著搞不好他下一秒轉念，想說那改殺你好了我幹嘛死，然後

就真的殺死你了。所以我剛剛前面說的大方向：「不要有人死。」是包括你自己，不是單指要鬧自殺的人。

其實換電話很簡單，搬家也沒有真的這麼難，但都很麻煩哈哈哈。沒辦法，誰叫你要惹到麻煩，但換工作就沒這麼簡單了，萬一老子拚老命才進這間夢幻公司，誰要為這種人離職啊？

如果你沒辦法換工作，那你就從今天開始整套衣服穿得不像你，甚至戴假髮出入。你平常穿衣風格怎樣，就徹底換一種，例如強尼戴普跟詹皇❶換衣服，或是艾薇爾跟珍妮佛・羅培茲換衣服，換到連寵物都認不出來主人那樣。不要覺得我在說笑，比起被同事取笑，還是命來得重要。我前面那位苦主朋友真的在下班的時候被瘋婆娘前女友一路跟蹤，最後，可惜沒被殺死，喔不是，是好險沒被殺死。

如果萬一你什麼都做了，但對方還是自殺呢？該怎麼辦？

就一臉哀悽地去參加對方葬禮啊，白包包多一點。不然怎辦？

---

❶ 詹皇：雷霸龍・詹姆斯（LeBron James），美國NBA職業籃球員。

最後，在這邊還是要呼籲，因為分手而想自殺的表弟妹，請你們想想愛你們的家人朋友，世界上有這麼多億的人，又不是全球總人口只有10人，要找到下一個愛人真的不難。生命珍貴，很多人想活但沒機會活下去；巴基斯坦現在多少人、多少兒童又莫名被恐怖份子炸死，更苦的人到處都是。如果情緒上很挫折，請務必尋求親朋好友或醫療管道！不要斷然自殺，明天都會更好的。

3

成為小三，請務必認真比賽，解救正宮順便積陰德

　　他有女朋友，而，是的，我們上床了。我開始介意他有女友這件事。後來，他有空就會來找我，其實我也知道，他只是要打炮。認真想想，也覺得他女友超可憐，男朋友常常消失。不過，我也喜歡上這個爛人了，即使盡量拉遠距離，還是好想好想跟他聯絡，很想讓他喜歡上我，也想要他……請問婊姐，我該怎麼辦？

　　會寫信問這問題的，通常不是說，對方是一個很棒的對象，她單純仰慕對方，無法克制自己的心弦。而是多半都已經用刷電吉他的方式狂彈心弦，都已經上床了哈哈哈，全壘打外加棒球場都蓋好，然後來問這問題。

　　既然我決心擔任神父的角色，就不會去批判道德的部分，我的道德標準就是沒殺人放火姦淫擄掠即可，標準超低哈哈哈，其他一概讓神去評斷。

　　這種問題一般的標準答案是：這樣的人妳還要嗎？妳現在搶到他，他以後可能還是用同樣的方式來對妳。也就是說，妳也是會被劈腿啦～～妳應該跟他斷絕聯絡不要再繼續了妳很棒的，相信自己，妳值得擁有更好的人……這類的答案，我相信大家都聽過了。

　　現在問題點就是在於，這整～～件事情，我叫小三「算了，找下一位」。小三一定不會算了。因為來問問題的，都知道對方很爛，不是不知道的。

　　靠，但還是有例外！我曾經在一個網站看到一個小三留言，文章提到那已婚男人對家庭很負責，男人說看到太太跟孩子的臉，就

不忍心提出分手。那小三下一句寫：「就因為他是一個善良有責任的人，我才這麼愛他。」

哈哈哈哈哈，責任負得真多。好我掌嘴，並不是每個小三都覺得對方爛。

總之，大部分都是深陷其中，卡車卡在泥巴裡面出不來；有的是根本不想走，有的是想走但走不了。我曾經看過一個小三留言：我就是貪戀他對我的一切。

好，既然要參賽，那就是認真比賽！鐵血教頭現在吹哨子了！嗶嗶嗶！

要參賽，請務必認真比賽！

第一步，我們很清楚你的目標是要幹掉正宮，那麼第一件事情就是把「幹掉正宮」四個字，四個大大的字貼在床頭。我朋友鳳姐常說要贏就要認真比賽，所以妳要認真了，頭上給我綁必勝頭巾！

女人一生當中，可以有愛上兩個爛男人的扣打❶，三個太多一

---

❶ 扣打：台語，額度。

個太少，要慷慨一點，所以兩個剛好。如果愛到第三個爛男人，不是妳老遇到爛男人，就是妳本身就是專愛爛貨的怪妹。同樣的，男人一生當中，也可以有愛上兩個蕭查某的扣打，男女平等。

人會偷吃，通常是在外遇對象身上找到元配身上缺乏的東西。這時候可能會有人大罵：「偷吃就是該架上十字架燒死！偷吃爛！」

冷靜～～我們能遵守自己選擇的道德觀，但我們沒辦法要求別人一定要符合自己的道德觀。

回到人會偷吃，通常是在外遇對象身上找到元配身上缺乏的東西。天生超花心不在討論範圍，因為如果是天生花心，就算元配是林志玲或貝克漢，都還是會照樣偷吃。

既然要參賽了，打仗最重要的是什麼？資訊。第一項是男人的喜好，再來是敵軍資訊。

通常這種偷吃的人都會有個共通點，就是跟外遇對象抱怨元配哪裡不好。（備註，我這裡講的先是一般男女朋友的狀態，沒有婚姻。）

　　不管是哪種資訊，妳就是耳朵給我開到最大，內心用記者採訪的方式，拿一枝筆記下來。

　　例如他很喜歡咖啡，妳就是今天開始給我變成咖啡博士。

　　這例子是千真萬確的，哈哈。我就見過一個女生把自己變成咖啡博士，還做全台灣咖啡店地圖，成功幹掉正宮。

　　例如他抱怨女友上床很無聊，那就是，「維多利亞的祕密」② 買個五套不為過！一進房門，絲質浴袍拉開，裡面是戰袍。

　　如果他抱怨另一半好吃懶做，妳就給我每天七點起床打掃房間拍照傳給他！

　　如果他說另一半外表普普，但個性很好很貼心溫柔所以還是愛她，那妳就開始給我認真打扮保養去做醫美，重點是！我們戰略不能只做一半，妳還要比正宮還要更貼心溫柔個性好，開TURBO。元配在男人出門時幫他打領帶，妳就是給我連內褲都幫他穿。

　　如果你是小王的話，一樣邏輯。如果她喜歡男友都會幫她每天

②　維多利亞的祕密：知名性感內衣品牌。

準備水果，那你就是水果上面雕刻雕成龍（喜酒那樣），或是每天三層的英式下午茶蛋糕餐點端到她面前。

給我拼了！認真點比賽好嗎？資訊要蒐集全面，他抱怨對方之餘還可能透露出喜歡對方什麼，這兩方面都很重要，關鍵就是：補足元配的不足，元配有的，開TURBO下去。

我真心誠意祝福有這困擾的，一定要搶人成功，愛情要修成正果。一旦搶成功，陰德真的直接積滿兩年份，因為你解救了正宮，讓他／她可以脫離一個屎貨。

多看韓劇，有助於脫離小三痛苦深淵

如果對方是已婚的身分呢？畢竟有法律問題，所以我是不會誠心祝福搶人成功。

基本上作戰大方針不變，剛剛上面的認真參賽還是必須的，只是要多做好長期抗戰準備，畢竟離婚沒這麼簡單。

我朋友的朋友，長年當已婚主管小三，我們都覺得她是沒有希望的，五年後，就是我寫書的今年，她正式幹掉主管老婆，還要跟

主管在海外舉行盛大婚禮了哈哈哈哈哈。朋友都要飛過去參加，我這篇文章應該請她來代筆才對！

　　再來就是，如果看這篇文章的是女生，請多看韓劇好嗎？我真的需要給妳們一套韓劇，各類型的都要給。

　　我一個深陷歐巴風暴中走不出來的朋友鳳姐，她至理名言就是：「我的世界只有歐巴，其他男人都是屎。」（她男友不會看我寫的書，所以寫出來OK哈哈哈。）

　　看韓劇看到沉船❸的會怎樣？如果有男友的，會開始對男友不耐煩一個月，沒男友的，會很難交到男友，因為妳會覺得怎麼跟歐巴都差這麼多？如果小三，則可能會一瞬間清醒大罵：「幹，你又不是高富帥（缺一不可）的玄彬或車勝元，你矮窮醜憑什麼讓我為你跟你老婆怎樣而日日夜夜痛苦傷心啊?!宋仲基2016年還沒過一半，他已經賺了10億台幣！還這麼高這麼帥！你連精子都沒10億！

---

❸ 沉船：收錄於《歡迎光臨丹妮婊姐星球》中的婊姐星球辭典。徹徹底底愛上某人（或偶像）的意思。來由是有一次我被表弟妹壓著去看韓劇《主君的太陽》，原本我相當不情願，也覺得男主角長得有夠醜，沒想到看到第三集，陰溝裡翻船，開始覺得男主角好帥，第四集就徹底沉船。我要跟蘇志燮一起沒有明天。

丹妮婊姐
人生哪來那麼多 可是

連身高都只有他一半！」

　　我曾經想說，遇到問這種問題的，我是不是都該先檢查一下那男生的照片，不然很浪費我時間。鳳姐說：「不用檢查，因為我觀察所有男生路人，真的有些打扮很歐巴的，但就是血液不同，我看了就哀傷。」

　　如果看這篇文章的是男生，講真的，我覺得男生勝算很大，佔整體比例會有這煩惱的人不多，所以我沒有太著墨在男生，因為──

　　女人通常外遇，是回不了頭的哈哈哈，船開出去不回港，上了飛機都是單程機票。

　　這是千真萬確。女人外遇是很可怕的，所以如果你是小王，基本上做好我剛剛說的作戰策略，應該都能高舉獎杯。

　　還有，如果妳是女生的話，請今天開始把鄧文迪肖像高掛房間，她會是妳的超級偶像，不知道她生平的請務必看她的維基百科，她真的是鄧偉人。

　　還有另一個名女人的肖像也應該要高掛房間，她跟鄧文迪真的

都是參賽中的超級武林高手，但台灣人開不起玩笑，這人到底是誰，我一輩子都不能講，因為她太有名了，我只能死之前對天大吼：「某某某妳都要怕鄧文迪三分！」然後立刻躺進棺材，蓋棺。

　　最後，祝福各位都能有順利健康無損道德的快樂戀愛。

4

男人說愛妳，但是不娶妳，請拿出「愛情靈藥」對付他

我跟一個男人交往很多年，彼此之間沒有太大的問題，跟對方家庭也算相處融洽。我覺得我們應該要結婚了。這種事情好像不應該由女生開口，於是我就常常暗示他。但是，他都好像聽不懂（或假裝不懂）。

不知道是不是在一起太久，我發現他都不太會對我吃醋或關心我的事。跟他提起朋友結婚生小孩之後，生活變得多有趣之類，他也都只是淡淡的喔一聲。我覺得他應該沒有出軌……看起來也不像想分手，我不明白，他到底為什麼不娶我。我很擔心年紀越來越大，萬一跟他分手了，恐怕也很難找到下一個對象吧。請問婊姐，我該怎麼辦？

　　這問題的解決方式分成兩大塊，第一是，愛情靈藥。第二是：愛情保險。這兩者可以同時進行，沒有分先後順序。

方法一：愛情靈藥。

　　以前年輕的時候老是跟朋友嚷嚷愛情靈藥到底要去哪裡買？網拍有賣嗎？這原本只是開玩笑的，後來越來越老發現，媽啊世界上還真的有愛情靈藥！不分美醜都能用！因為我是見證過100公斤胖妹到處成功騙男人錢，不是幾千元那種，都是一次幾十萬。

　　跟我講這故事的人，我當下跟他說搞不好是很漂亮的胖妹，像Adele①，他立刻掏照片給我看。嗯，不是我要嫌她醜，是我以為只有符合社會價值觀的纖細美女才能幹這種事情。

　　那，如何用愛情靈藥提升男人想娶妳的意願？

　　我訪問過一個不娶女友的男生好友，真的是拖拖拉拉。他也沒有不愛女友，但就是每次女友跟他吵結婚，他隔天見到我就是一臉世界毀滅。每次我一開口問：「怎樣～何時要結婚？」

　　他就會先抱頭，大聲哀嚎，跪倒在地上。馬的，神經病，不認

識我們的人經過，根本會以為我剛打他一拳，才不是好嗎！是他被逼婚哈哈哈。後來有天我問他：「要是今天有一個高富帥歐巴出現追你女友，你會？」

他很篤定的回答：「這還用說嗎，當然立刻把她娶回家！」（在此感謝這位男性友人，讓我完全找到這題的正確答案哈哈哈。）

我說：「喔，那男人不娶的答案就是，當發現女友要跑的時候！」

他嚇得說：「拜託妳千萬千萬不要跟我女友講這答案……」（當時他還在那裡要娶不娶。）

男人不娶一個女人，原因很多種，但不見得是真的不愛，他有可能是真的很愛妳，只是沒有想要立刻結婚而已。不過我不探討原因，反正結果是一樣的，就是老子沒有要娶，或是老子不打算現在娶妳。

---

❶ Adele：愛黛爾·勞麗·布魯·亞金斯（Adele Laurie Blue Adkins），英國創作歌手。

　　這時候女人該拿出來的愛情靈藥就是：讓他覺得妳快跑了。

　　千萬不是哭著說「你不娶我就分手！」──這種令人哈欠的威脅，成功機率不太高，因為男人只會覺得妳在胡鬧。他萬一很會嘴砲，按捺妳兩句，你們又歡喜地抱著睡覺。不然就是支票大亨，有夠會開支票，「我兩年後娶妳！」結果還是沒娶哈哈哈。

　　必須讓他覺得「妳真的有可能快跑了」，你們這段愛情變得很不確定又動盪，例如，出現了很棒的追求者，像王陽明那樣。或是妳變漂亮了，別的男人都多看妳很多眼。他覺得妳很難以掌握的時候，才會急，才會徹底拉高求婚的意願，想要把妳綁住。

　　沒人追怎辦，只好請帥一點的臨演到妳公司樓下送花。當然，還有一點很重要，如果王陽明真的來追妳，那就真的可以跑了哈哈哈。

不娶就要對症下藥

　　我有個，為了不被對號入座，要這樣講：我有個朋友的朋友的朋友的朋友，這樣夠遠了吧，那男的姑且稱他為「老頭」好了。老

頭跟一個女生弄了一兩年，就是弄，弄心理也弄身體，還帶回老家跟父母吃飯。女生滿愛這老頭的，付出很多，但老頭就是不跟那女生交往，理由是啥不重要，就是佔著茅坑不拉屎，根本便祕。

直到那女生真的太傷心了，離開老頭，沒多久就被別的男生追到手，老頭立刻崩潰。你們會覺得，便祕男肯定立刻說要交往了吧～～

欸，錯，是說要求婚，直接跨越到求婚，不是交往。老頭還說：「我老婆的位子，會為妳開放一輩子。」

這故事太綜藝了，是貨真價實的故事，完全鐵證，比鐵還鐵，女生只求交往但最後是被求婚哈哈。這爛故事我每講一次就是歡笑一次，狗急跳牆，男人急烙賽。對，完全沒有押韻，不要逼我，押韻很難。佔著茅坑不拉屎，有分死不交往跟死不娶，這種我都稱之為便祕。記住，男人一急，就不再便祕。

瀉藥也不一定是要有別的男人追啦，畢竟不見得立刻有人來追，而且帥臨演我還真的不知道上哪找。所以～～

女生還可以試試看不要再為愛而生，所謂為愛而生就是很典型

生活繞著男人轉，成天巴著男友，男友隨call隨到，這種女孩適合當外送，想必業績會很好。

但這樣不行，就是逐漸地找別的事情做，忙什麼都好，就是不要再忙男友。漸漸讓自己當一片雲，飄啊飄，只要男友覺得妳不再好掌握，他就會開始擔心，就會想要綁著妳，也就可能想求婚了。但這時候有人要發問丹神父：「萬一他都沒發現呢?!也不在乎我比較疏遠了！」

喔，也很好啊，世界上沒有白走的路，讓妳知道他其實也沒有很在乎妳哈哈哈。

我一個朋友的朋友的女生朋友（我真的是很怕被我朋友殺死，在此禱告他千萬不要買我的書），這女生很想結婚，可是她男友也是不娶她，但也就先這樣交往下去。她在交往的過程當中發現，男友有些行為讓她很不高興。那些行為，一般女生是可以大發飆的；如果像我朋友鳳姐那種女生，她就是會對男友吐火球，像《史瑞克》裡面的小龍女一樣哈哈哈，燒死！

但這女生她沒有發作，她內心的確是很不高興，但她決定，還

是讓男友繼續這樣下去好了，不然她怕跟男友反應之後，男友會不高興。

這背後的邏輯在於，她很怕男友不高興，更不想娶她了。她完全走錯路。因為面對不娶的男友，使用從百依百順加碼到萬依萬順這張牌，真的是出錯牌，被碰又被吃最後被胡哈哈哈。

因為對一個人好還要更好，是很令人開心啊，但是～～

就像我剛剛說的真實綜藝故事，那女生對老頭是很好的喔，越來越好，還都跟他殺回遠得要命的老家探望父母了，老頭獲得的開心是越來越多的。但他還是不想交往。不過，一旦這女生要跑了呢？天啊這很令人痛苦的！老子我娶妳！

這原因是，因為失去的痛苦帶來的海嘯，遠遠比得到的開心來得震撼，所以才會願意給出承諾。

總之，對不娶的男友好上加好，就是養樂多，只能保養腸胃暢通，不痛不癢，便祕的人喝是沒用的。便祕就是要喝瀉藥，這瀉藥就是：讓他知道將要失去妳了，他才會很可能緊張到要求婚來保住妳。

以成為養殖業大亨為目標

方法二：愛情保險。

愛情保險有兩個面向，第一個就是，請隨時維持體態、外貌跟內在或是工作能力。人都是商品，大賣還是賣掛，完全看自己的競爭力，競爭力就是自己的保險。泰勒絲②怕被甩嗎？根本不用怕啊，她這麼正又有錢哈哈哈，她的保單額度真的是最貴的。

再來是，我一直很提倡「魚塭」這概念。人在認識新朋友的時候，會自動做分類，例如這可能可以吃，那就放到可吃那桌；這人永遠吃不下，就算喝醉或地球上的人全死光我也吃不下，那就是不能吃那桌。

但不是說要跟可吃那桌所有人都搞曖昧，不是這意思，我們也並非體能這麼好好嗎？一直回通訊軟體很累欸。可吃的那桌，我要再次強調，不是說全都要搞曖昧，這叫做養魚，大家都先健康當朋友。可吃的朋友，真的是多多益善，當個養殖業大王這樣哈哈哈哈哈。

　　養殖業的意義在於，如果單身時可以有約會對象，多看多觀察，而且還可以認識魚的朋友，拓展生活圈，因此找到對象。不是單身的時候，就是跟魚當普通朋友。

　　蓋魚塭就是一種保險，可以用在各式各樣的狀況，這篇的狀況是：萬一妳遇到男友不娶的時候，或是男生開了很像空頭支票的東西說兩年後娶，兩年後又說兩年後，但女生卻不願分手。

　　我問過這種女生，為何不分手？她回我：「我怕我不習慣。」

　　因為這種女生恐懼單身，這種女生沒有自信能在分手後還會遇到一個要娶她的男人，就是沒有蓋魚塭啦。所以只好進入一場賠率挺高的賭局，賭不娶的男友有天會娶。

　　泰勒絲會說「我怕我不習慣」嗎？

　　根本不怕啊哈哈哈，因為她是養殖業超級大亨，一旦分手，打開手機一堆魚好嗎？根本海底總動員。

　　所以當男友不娶妳的時候，當然妳可以進行第一種方法，愛情

---

① 泰勒絲（Taylor Alison Swift）：美國知名創作歌手。

靈藥（讓他覺得妳快跑了），再來是，觀察妳蓋的魚塭有什麼魚。

因為～～還是有可能下了愛情靈藥不靈（靠那憑什麼叫靈藥哈哈哈），男友還是不肯娶妳，那妳就要好好思考，他是不是真的愛妳？還是只愛妳的肉體？如果真的是這樣，那就是該好好找別條路了，畢竟一時之間可能也無法說分就分，當然就先從魚群裡找啊。

但這不是叫騎驢找馬。騎驢找馬是妳覺得這人很爛，所以一邊找其他對象把爛男人換掉；魚塭是妳今天就算不覺得另一半很爛，也是要有魚塭。所以我說這很像保險，一般買癌症險也不是覺得自己肯定會得癌症才買。而且每個放話騎驢找馬的人最後都老死在驢子上，根本不可能找到馬，就在跟驢子忙了哪有空找馬。

所以如果自己本身很有競爭力，又是養殖場老闆，就不用怕男友不娶啦，因為妳可以隨時不要他。這世界上，不要的人最大，工作不做的人最大，愛情不玩的人最大，祝福妳當老大囉。

5

不甘心放手，
不如拿刀在傷口轉一圈吧

　　我跟男友分手了。原因是他出軌。雖然最後我決定放手，但我還是很嘔，現在時時會想到他跟小三做愛的畫面，令人痛苦！我知道自己會這麼難過，很大的原因就是付出了那麼多（甚至為他懷孕墮胎……）我很不甘心這樣還是沒結果，很希望自己不要再去想這些，而且做到真正放下，請問婊姐，我該怎麼辦？

人生哪來那麼多可是 丹妮婊姐

愛情海裡面，不甘心這三個字造就很多痛苦。

不甘心自己付出美好青春，最後卻沒結果。

不甘心自己狂追還買名牌送她，還追不到。

不甘心自己輸給那個比我還差的小三。

不甘心我等這麼久，結果他最後沒跟我結婚。

不甘心自己只能當小三。

不甘心自己付出一切，但對方最後劈腿。

不甘心明明是我跟他提分手，他卻很快就交新的女友。

不甘心他把我甩了。

差不多這些。答案大家都知道，比我厲害的兩性專家都寫過超棒的文章，就是優雅放手往前走啊，不要傷害自己自尊妳有妳獨特的芬芳會有人欣賞妳的blablabla⋯⋯我想說，就答案跟道理不是網路一堆嗎？到底為何還要問我！我明明就不是兩性專家啊。

後來，我想通了。

會問怎樣放下的人都放不下。問不甘心怎麼辦的人也不會輕易

甘心。看完道理文章終究還是繼續抓緊緊，一公分都沒放。因為，
道理是拿來看、分享跟tag朋友的，不是拿來操作的。

比格調更重要的事

　　如果看完說教文章，妳還是不甘心，每天被不甘心折磨，那只
好來丹神父這裡試試看了。

　　丹神父提出四個解方給大家參考。

　　方法一：在傷口灑鹽。

　　有個購物專家，她前男友甩了她的原因是因為要去相親結婚，
喜帖還發全公司。她就去吃前男友喜酒，大家都覺得太不可思議
了，誰會想去啊？她說：「要斷了過去，就是拿刀在傷口轉一圈，
痛得徹底才會斷。」

　　所以，那就叫劈腿的另一半傳他跟別人的性愛影片來看好了！
如果沒有，也逼他拍一支好了，這應該等於拿刀轉三圈了。但我不
確定妳這樣就會放下，因為每個人底限不同，所以這還是要客製

化才有效果。有部電影裡面，有個怪妹，忘了名字，就眉毛很黑很像墨條，她老公跟史嘉蕾‧喬韓森外遇，她沒抓狂，但老公偷偷抽菸，怪妹就大崩潰要鬧離婚哈哈哈。

很不甘心是因為妳的付出沒有得到同等值的回報，跟你們說「愛情不該求回報」也沒人會聽進去。全天下不甘心的人也差不多都這原因。既然沒有辦法讓你們輕易甘心，那就復仇啊～～

方法二：復仇。

基本上愛情專家都反對復仇，說那是降低格調跟弄髒手，但還是有比格調跟手更重要的事情啊，叫做爽，哈哈哈哈哈。

復仇方式很多，我這裡沒有辦法訂出一個很確切的方法，畢竟每個人弱點不同。但請以不要殺人放火家破人亡或潑王水為標準，不要犯罪或是毀了對方人生。妳要做的，就是讓對方心靈有一陣子很不爽，這樣就差不多了。

例如，又是真實故事，有一個女生，她很不甘心跟男友分手後，這位男友立刻交到新的女朋友。所以她就跟孕婦朋友借尿液，

然後用驗孕棒測試，拿去給前男友看，可憐兮兮地說：「我分手後發現我懷了你的小孩，但我只好選擇墮胎。」

那前男友內疚個半死，跟新女友愁雲慘霧，天空的顏色失去了色彩這樣。這女生說：「看他這樣，我好快樂～～」（旁邊配上很多音符。）

嗯，男人們以後還是要求女人不准帶包包，當場去廁所驗尿好了哈哈哈。但復仇也是要客製化，依照對方的個性或弱點來訂製，萬一妳前男友熱愛叫女友墮胎，那妳拿這去嚇他他就是哈欠。

總之，要馬就是復仇要馬就是不甘心，請不要回答我不敢復仇，在不甘心跟復仇之間，妳自己需要選擇。

脫離吃飽太閒的行列

方法三：增加體能跟收入。

有空不甘心的人，十之八九是生活悠哉的傢伙。

我尊敬的寵物三太子，她姊姊因為要出遠門所以把狗鴨咪借住她家。鴨咪剛開始都好好，乖乖吃喝睡，兩天後晚上，一直對門口

又哭又叫，因為想爸媽了。三太子安撫也沒用給零食也沒用，後來想到：就是太無聊，太無聊了才在情緒裡鑽牛角尖出不來，沒別的事情想嘛。

所以她就拿逗貓棒開始狂逗家裡的貓，把逗貓棒一直往哭泣的鴨咪身上嚕，貓就瘋狂追殺鴨咪，鴨咪也只好追殺貓，就這樣鬼抓人跑一輪消耗了體能之後，家裡就安靜了。鴨咪不哭了，因為累都累死了哪有力氣哭跟傷心啊哈哈哈哈哈。

如果動物的例子不能打動妳，我朋友的朋友，一個女生，叫她法官好了。

法官成天用超嚴格超高道德標準在管周遭所有朋友的事情。中華民國憲法都沒有她嚴格。

法官的男朋友的朋友，叫肉包。是法官的男朋友的朋友喔，不是法官男友！

肉包跟他女友蕭查某分手了，被甩了，蕭查某嫌肉包配不上她。通常甩人是一個過程，在後期要分不分的時候，肉包喜歡上別人了。論道德上來說，這是肉包的錯。

　　但最後也還是被甩了。被甩之後沒多久，蕭查某不知怎麼的，發現肉包跟別的女生搭上了，開始KI笑 ①。

　　這時候法官冒出來了，法官威脅肉包，你劈腿，你要給女友一個交代。

　　每天，每天喔，照三餐宵夜點心，追殺所有人！法官追殺男友，法官追殺肉包，法官還追殺男友跟肉包的共同朋友，她說她要知道真相，她要主持公道，愛情包青天。每天逼逼逼逼逼問，一直逼逼逼逼逼逼，男友不講還不讓男友進家門。

　　哈哈哈，靠！誰會管男朋友的朋友感情怎樣啊，而且肉包都被甩了到底要交代啥小。這些人每天不堪其擾，過一陣子之後，法官有天突然不追殺了。

　　為什麼呢？到底發生什麼事情了？

　　喔因為法官本人，劈腿了～～所以沒空管別人劈腿了，哈哈哈哈哈。

---

① KI笑：台語，正常人做出發瘋一樣的行為。

太閒就是會把體能消耗在「對自己」沒好處的事情上面，自己劈腿，對自己有好處啊，所以太忙了沒空管別人劈腿了哈哈哈！法官自己忙著犯法。

回歸到主題。妳不都分手了，怎還會有空不甘心?!妳就是太閒。

So，從今天開始每天早上五點河濱公園10K開始，今年請報名三場42K馬拉松賽事。如果是學生的話，請搭配下課去打五份工！上班族的話就是下班去打五份工！這樣下來，妳每天應該一進家門就直接睡倒在玄關，一隻腳還在家門外。增進體能又增加收入。

方法四：蓋魚塭。

人真的需要魚塭。我所謂的魚塭是，要拓展交友。認識很多新朋友時候，會自然會把人分類，例如：這人可能可以吃，那就是可吃那桌。這人完全吃不下去，要一輩子當朋友，那就是不可吃那桌。

重點是可能可以吃的那桌，數量要多一點，不是說亂跟一堆人

搞曖昧，是要有可以約會的新對象，但不是那種超級好朋友！這就是養魚的概念，這種魚越多越好，魚塭最棒哈哈哈！當妳有了魚塭，每天就忙著觀察哪一隻魚適合妳，我跟妳說，LINE打開都包準妳忙死，根本沒空在那裡不甘心好嗎？我有個單身朋友，他很少回我LINE，我每次見到他都說：「怎樣，妹太多訊息回不完對不對？」

他都會滿臉歉意地笑說：「嗯哈哈對啊～～別跟我計較啦。」

他根本沒空不甘心好嗎？養殖業大王，忙死了。而且認識到更棒的一條新魚，當妳真的喜歡上對方的時候，搞曖昧會變成妳每天人生最大目標，真的沒空管前任。

以上方法可以挑著做，也可以全部同時並行，不甘心是一件很浪費靈魂能量的事情，希望你們都能從不甘心大學畢業。

6

家人不愛你，
就努力變成王雪紅第二

　　家人對待我和我哥的態度天差地遠，對於我，永遠只有謾罵跟嫌棄，對於我哥就是無限的愛與包容。我爸曾無數次罵過我是瘋子、無理取鬧、怎麼這麼難管教……我哥則天天罵我怎麼這麼蠢，這點小事也不會；我媽則一直說我生妳做什麼……各種讓人傷心的話。哥哥買了整屋子的漫畫，我卻連買一本參考書都要小心過問；我哥從未做過家事，我則是做了還被嫌得一無是處。除了恐懼跟難過，我不知道該去哪、該做什麼才能讓他們不要再罵我了，只覺得真的很疲憊很疲憊。請問婊姐，我該怎麼辦？

丹妮婊姐
人生哪來那麼多 可是

在一個家庭裡面，可能有些人生下來是哈利波特，有些人生下來是達利 ①，當哈利波特那就是真的衰包，犯太歲犯一輩子。

雖說哈利波特不是那啥阿姨親生的，但怎樣都是有血緣關係。通常有血緣關係這件事情，在大家認知裡面，是要無條件的愛彼此，但其實是「比較容易」無條件愛彼此，根本也沒有一定。舉個很偏激的例子：也是有人一把小孩生下來丟路邊啊。

有這種問題的苦主是卡在「為什麼他是我家人，但他不愛我？」

血緣並不是「愛」的保證

家人不愛妳的狀況很像愛情，如果換成下面的例子，妳可能會好懂一點：

妳一直愛一個男人，但那男人不愛妳，還對妳很壞，但妳用盡

---

① 達利：小說《哈利波特》裡，主角哈利波特的胖表哥。深受父母寵愛，經常跟父母一起欺負哈利波特。

各種方法想要讓他愛上妳，他還狂揍妳。

那答案是什麼？那就是不要愛他啊，不然怎辦。

講到這裡苦主會嘶吼：「可是親情不同啊，我是他家人欸，他怎麼可以不愛我？」

這原因是：血緣不是拿來規定要無條件愛彼此的。都有人可以拿槍射殺兄弟，或是拿刀砍爸媽了。絕大多數的家人都會愛彼此，那為何會有爸媽不愛自己小孩？世界上怪人就很多啊，有什麼辦法！我們不如把這方面標準訂得很低，日子會好過點。父母只要還有好好養妳，沒讓妳餓死，就算是好爸媽了，OK？就像是留言亂罵污辱我，我都還會當他是好人，因為沒有殺人放火犯法啊哈哈哈。

但我知道親情更難割捨，無法說不愛就不愛。我不會叫妳不要愛家人。所以我還是想了一點辦法，不過要花點時間。

要怎麼做才能讓家人對妳滿意呢？這真的很像是愛情裡，苦苦追求對方但就是追不到。因為，妳就剛好不是那人的菜啊！

現實就是，很遺憾的，妳的家人不太愛妳，妳怎樣做，他們都

不會愛上妳。只能解讀：妳剛好不是家人的菜。所以也就沒有滿意可言，他們的菜就是達利啊。就像是如果秦偉一直追我，成天送我精品還接送我，我也不會對他滿意啊，因為他就不是我的菜。這樣懂嗎？家人不是人人都擁有公平跟無私的愛，也是有人會分菜的～～

但有一天他們會愛上妳，哪一天勒？

如果妳是女生，那就是妳變成「王雪紅第二」的那天。如果你是男生那就是「郭台銘」，哈哈哈。

因為妳很有錢了，他們會立刻換一張嘴臉巴著妳！世界上會有奇怪的爸媽不愛自己的小孩，但是不愛錢的怪人太太太太少了。好，萬一妳爸媽本身就是王雪紅跟郭台銘，那麼他們可能還是不會巴著妳，但會開始欣賞妳或是對妳比較好。不過，我們這裡還是討論一般財力的家庭～～

問題中描述的那位哥哥，就是哈利波特家中另一位被偏心的達利表哥，他被寵成這樣，通常也沒有糾正爸媽對哈利波特不好，反而會一起霸凌哈利波特。

　　這種人呢，都注定長成一個敗家子哈哈哈。相信我，丹天師水晶球是這樣跟我說的。所以他很可能會欠一屁股債，還是 J LO 的屁股，然後逼哈利波特幫他還。萬一哈利沒有變成王雪紅或郭台銘，只有普通收入，那哈利的財務狀況就是會被達利拖垮，垮到海溝底。因為爸媽一定會逼哈利拿錢幫敗家子還，用親情來施壓。

　　不要跟我說妳不會掏錢，通常一定會的。因為妳心比鼻涕還軟。所以我推敲哈利的個性一定會幫達利還債，哈利是爛好人啊哈哈哈。

　　所以，建議妳還是把這種家庭不幸的悲憤化成力量，不要再專注要怎樣讓他們對妳滿意，應該要想，如何把自己變成雪紅跟台銘第二，沒有第二，第三也可以，反正這麼有錢，幫他還點錢應該是不會垮。而且人還是要有財力才會活得比較舒爽。假使妳今天又被爸媽還是誰亂罵了，「我家庭不美滿，但我有錢了，老娘不爽，我要立刻飛去歐洲散心刷個名牌100萬！」怎樣都比妳蹲在家裡大哭來得爽啊哈哈哈，我寧可在法國香奈兒總店邊買邊哭好嗎？

做好完全準備，讓自己能夠獨立生活

如果這樣的偏心狀況讓妳忍無可忍，現在有能力的話，就搬出去，離家人遠一點。不然每天回到家真的有夠像童養媳，實在對身體很不健康。

如果還沒有能力的話，那婊姐建議妳有空就先去打工存點小本，還有開始健身，先從每天早上河濱公園5K開始，或是一系列鄭多燕，這都不用錢。

為何要健身？喔因為妳要讓體能變好，以防萬一被家人揍的時候（或是妳本來就被揍了），可以徹底還手。

如果妳不敢還手，那就先擋掉巴掌。但這動作要有十足的把握再做。要先把自己練到能徹底還手，因為妳擋掉巴掌後，妳爸媽應該會揍得更凶，如果妳沒有相對應的體能保護自己，我怕你妳更慘——在此先說明：不是說我提倡暴力，是預防苦主遇到家人對自己出手。這種情況下，如果社福單位沒辦法馬上幫忙，難不成就讓苦主這樣被全家揍嗎？

　　我一直提倡體能訓練的重要性，第一，可以自保。像我重訓成這樣，真的是沒有人敢隨便打我，我已經可以抱起80公斤的男人了哈哈哈，到底誰敢打我。

　　第二，因為運動真的很累很累，每天妳還沒躺到枕頭，頭還在半空中就可以先睡死。只要睡死，傷心時間就會縮短！

　　至於家人一直謾罵，這對應方法就是開啟自動導航模式。以前我被老闆大罵的時候，我都會開啟這模式，反正就回：「你說得很有道理。」「對不起我知道錯了。」類似這樣的官腔，不要忘記配上誠懇的臉，裝小狗準沒錯。

　　但內心一直在想著昨晚看的韓劇，歐巴把女主角推到牆角強吻。喔不～～我恨世界，為何沒有歐巴愛我！

　　自動導航的意義就是，妳的靈魂暫時不在腦子裡面當機師。每次這樣做，我走出辦公室後，都能繼續跟同事瘋狂MSN聊天哈哈哈。

　　還有一點很重要的，如果苦主是女生，很多為了逃避原生家庭，很年輕就戀愛，找到浮木之後，18歲立刻嫁掉。我真的必須

說，以統計學來講，凡人24歲以內結婚的，有超高比例注定婚姻不幸！（對，是凡人，因為孫芸芸不算凡人。）這真的不是我在唬爛，就算沒離婚，老公也很容易是個窩囊廢。所以萬一妳是個女哈利波特，給我忍到28歲過後再結婚，先求搬出家門就好。

這真的是有夠奇特，24歲以內婚姻不幸機率這麼高，假使是50%好了，好啦，如果今天要你坐一台雲霄飛車，我告訴你失事率是50%，有百分之五十的雲霄飛車飛到一半會從空中掉下來，到底誰會去坐啊哈哈哈哈哈，給你錢你也不會坐啊，但為何還是一堆人想要如此早結婚？這失事率是一樣高的啊～～

祝福家庭不快樂的，有天能看到明天的太陽。

No,But「ㅋ」

Part 2

你早就知道答案，只是不想去做

1

別人罵你，
請當成耳邊風

　　自從開始玩社群軟體之後，我就不時遇到不認識或不太熟的人，莫名其妙的罵我。搞得我心情很差！完全就是得內傷！而且影響我很長一段時間，很難排解情緒。請問婊姐，我該怎麼辦呢？

　　如果老是被罵，有可能你本身欠罵，但本身欠罵的人是不會知道自己欠罵的，如同小氣的人不會知道自己小氣。就像是我曾經聽過一個很小氣的人，小氣之王，跟我大抱怨他朋友有多小氣。天啊！要是世界上有小氣比賽，他倆那組就是死亡之組！世足賽巴西對德國那樣！

　　所以本身欠罵的這種人不用煩惱，因為就是欠罵。如果你真的想要改進，那就去請教人並且好好反省自己，為何你會被罵。

　　再來另一種被罵的人，需要好好面對自己的靈魂。因為像我的副總監奇葩，她今年三十歲，也就是說，她認識自己的親姊姊三十年，三十年夠熟了吧？熟到姊姊要是投胎變成螞蟻，也能立刻點出來是哪一隻！

　　她經常講錯話，就會被奇葩姊往死裡揍，然後來哭哭啼啼跟我們說奇葩多可憐又被姊姊打，但後來我認真觀察——靠，奇葩明明知道講那種話會被姊姊直接當場幹掉，但她還是要講，那就表示，她enjoy被揍！所以如果你明明知道發這樣的東西，會被罵死，你還是老是要發，那就是你enjoy被罵，不用苦惱。

　　所以這問題我要針對的是「被莫名其妙罵」的狀況。

不要試圖跟蕭剌啊講道理

　　有表妹問我：在網路上遇到有人沒水準的留言謾罵、讓人感到不舒服時，以下做法何者最好？

1. 封鎖。
2. 花上所有IQ聰明反擊，KO他。
3. 展現極高的EQ，試圖開導他或講道理。
4. 完全不予理會。

　　被罵會有很多種不同的情況。每次我經營粉絲團被莫名罵的時候，我的總監身兼公關部部長爾康，他都會根據不同狀況安排我做不同的回應。以上除了封鎖我沒用過，其他都有使用過，所以沒有哪一個作法最好，按照對方莫名其妙的症狀因應即可。

　　但以上方法也很有可能無法到達真正的涅槃，第一個方法，他可能去別的地方笑你心眼小。第二個，對方IQ只要比你高1就登

楞。第三，根據我經營粉絲團的經驗，展現自己極高EQ不跟對方互罵，這還不難，但表妹提供的那個試圖開導講道理⋯⋯

我無法肯定回答粉絲團票房保證話題是什麼，但這一題我絕對能肯定回答：蕭剌啊[1]絕對不需要跟他講道理或開導，因為蕭剌啊進去精神病院，保證出來也還是蕭剌啊。

絕對不要試圖跟蕭剌啊講道裡，時間要花在有產值的事情上面。我這人業務魂，你有這時間跟蕭剌啊耗，不如去7-ELEVEN打工還有時薪109元（而且基本工資一直在漲），再貼1元可以買兩杯翡翠檸檬。不然就是自己去打一槍手槍還能爽到，但跟蕭剌啊耗，你完全不會爽到。

第四點「完全不予理會」，除非你能做到徹底地釋懷忘記，那就OK，像我就是被亂罵會完全忘記到底被罵什麼。搞得我最近被罵還要特地截圖保存，因為我之後錄節目要用到。

為了到達萬無一失的完全涅槃，以下方法提供您。

---

[1] 蕭剌啊：台語，瘋子。

第一個方法：成為海軍陸戰隊。

寫到這裡，跟本書中其他篇很像，癥結點之一就是不夠忙again——我想全部去複製貼上好了，同一首歌發兩次專輯——忙就會累，然後沒時間做別的，只想睡。

睡覺變成你人生最大的需求，更勝一個名牌包！

過太爽才會有多出時間在意莫名其妙的人，源頭就是不夠累。我真的覺得我們國家太不注重體育了，導致大家能量太多才成天在網路KI笑亂罵人，而被亂罵的人也是能量太多導致過度在意。但無法改變別人就是改變自己！

所以一樣，你可以先從先挑戰全馬開始！不是半馬，要全馬42K涅槃感才夠。從訓練時期，每天五點起床河濱公園跑個50圈，然後放學或下班之後再去多兼一到兩份差，再接家庭代工。把自己當海軍陸戰隊，包準你每天大概九點五十就可以用飛撲的方式撲到床上；你還沒看完人家亂罵你什麼，手機就已經掉到地上，因為你已經睡死。如果跑平地不夠，你可以試試看跑山路，那天我早上九

點半跟我的重訓教練去跑山路，我真的邊跑一邊兩手比中指，很想乾脆一路跑到金山我家祖墳那邊，陪我祖先一起長眠，完全沒有力氣多想一秒亂罵我的留言。

巨星平常生活，事情太多，非常非常忙碌，要寫文章寫書寫專欄寫粉絲團回粉絲團留言錄自己的網路節目還要寫節目企劃讀書看劇看新聞看文章還要一週運動三到四天還要回很多廠商的mail還要做家事跟保有自己的私生活，馬的！

我真的忙到連我買了一台高檔的按摩美腿機，很常半個月沒去坐在那張沙發上面把腳伸進去按一次！我才煩惱我有夠浪費錢跟很睏。我真的也沒空再去多鳥莫名其妙罵我的人。

第二個方法，請加入一些老是被罵的公眾人物粉絲團，向他們看齊。私心推薦蔡正元。

對生活不滿才會胡亂罵人

第三個方法，懷抱著體諒與同情。

　　有一次我在粉絲團寫我去逛手創市集，我有看到一些喜歡的產品，但怎麼辦，每次在手創市集問價錢，我都以為在中山北路逛精品店，我都扶心臟，好丟臉，我到底是多窮？但我對價錢沒有意見，我能理解手工很花時間所以成本很高。但因為婊姐現在就是賺這麼多，所以目前買的都是機器製造。機器製造我就不會扶心臟了。

　　我寫這純粹嘲笑自己現在窮，沒想到很多人留言，都跟我有一樣扶心臟的經驗，更沒想到，我連笑自己窮，都有幾個人要留言罵我哈哈哈。

　　但我真的很忙，我萬忙之中還反省了一下自己；我笑自己窮，也沒罵手工品更沒當場在手創市集亂殺價，我又沒做錯什麼，所以沒什麼回應那些罵我的小部分人。啊！為什麼他們要罵我勒？啊～～可是我好忙啊我沒辦法繼續想了！

　　過了一陣子，有天我見到一個朋友，他很怒的跟我說：「我那天看到妳發這篇，居然有幾個人留言罵妳，我很生氣，想說這有啥好罵，我就全部按進去看。ㄟ，原來罵妳的那些人，都是在賣手創

市集的東西，而且看起來生意超爛，都沒人買～～」

　　喔～～原來如此，雖說我老早就忘記我被亂罵的這件事，但這樣我能就體諒了啊。原來都是手創老闆（好像還有一個是創辦人），我同情他們生意很不好，我很希望他們生意都能很好，生意興隆接單接到手軟，我會一直帶著這份心情，走進ZARA大買特買機器製造的產品哈哈哈。不是啊，我現階段就只買得起機器製造～～我財力就這樣，我也錯了嗎?!

　　我現在遇到被亂罵的時候，都帶著體諒與同情。

　　法國大革命，貴族過很爽，頂多抱怨今天下午茶不好吃、抱怨喜歡哪個公子哥但公子哥不約她出去，誰會全部憤怒衝進巴士底監獄？全都窮人啊！對生活不滿的人才會滿腔憤怒！瑪麗公主每天爽著醒來，她怎麼可能氣到要攻陷監獄！這就是鐵證！

　　基本上快樂的人跟滿足的人，是不太會沒事網路亂罵人或刁難人（基本上啦，畢竟還是有人以刁難人為快樂之本），過太爽卻不滿足的人通常只會自怨自艾跟小小抱怨，不會到攻擊別人的程度。

就是生活不如意才會累積很多憤怒，所以我們該不該同情老是亂罵人的人？當然該！

　　誰知道他是不是錢賺太少還是性生活不美滿或者主管成天把他當狗使喚？喔可是狗都不見得會聽主人話了，但他還必須要聽主管的話，比狗還慘好嗎？

　　像手創市集來亂罵我的，肯定是賺不到什麼錢才憤怒啊，不然我今天要是發文寫：我走進卡地亞專櫃，看到幾個喜歡的豹手環，一看到價錢，三百一十萬三千元，我扶心臟又漏尿尿滿整個太平洋！

　　你覺得卡地亞的主管、老闆還是經理，會很生氣的留言來罵我嗎？根本不會！因為他們賺到爽歪歪歪歪到跟地板平行！

　　最後，還有一個最萬無一失的作法。網路上大家都在抒發心情，要最萬無一失就是回歸到最原始。

　　世界上有一種東西，叫做，日記本。

　　大家也忘記比爾蓋茲有發明兩種東西，一種叫WORD，一種叫

C槽。

你在日記本或是WORD抒發心情然後存到C槽，保證不會有人罵你。當然，還是要存好，不然可能會被媽媽罵，或是女朋友罵。因為我有個朋友在日記裡面抒發他外遇的心情，就被女朋友罵了。這件事情給我了一個啟發：就是我們做人，寫外遇的日記要收好。

祝福大家都能以青燈伴古佛的心態，每天心平氣和地與社群軟體相處。

2

把「超級在意別人看法」變成進步動力

我是一個高中生，即將面臨大學考試。我想考東吳法律，但我身邊的人似乎都覺得上私立大學就是考不好。可是若想念法律系，我考不上公立大學的啊！東吳似乎是我比較有可能考上的法律系裡面比較好的。老實說，我爸媽也很希望我上公立大學。我跟我的好朋友討論，她雖然沒講什麼，但我感覺得出她覺得東吳不怎麼樣……我很清楚自己的實力到哪裡，但身邊人的想法又讓我好煩惱，請問嬡姐，我該怎麼辦？

丹妮婊姐
人生哪來那麼多 **可是**

　　這位表妹的問題中，明顯看出她很怕很怕很怕好朋友跟父母覺得私立大學很爛。好朋友是個妙麗，對於她想考東吳法律，就時不時或流露出覺得如果考上東吳很不好的感覺。表妹的信裡有一句原文是：我總害怕很多很多眼光，我總是無意識會記住某些人的言論，把它當成毒癮重複啃食，搞得自己面目全非卻不肯停止。

　　先別談東吳法律的事情，關於很在意別人的眼光而感到痛苦，這題目，心靈專家答案通常是：

　　1.不要在意別人，我們該為自己而活。

　　2.一直符合別人期待，自己不會快樂的。

　　3.想想自己是誰，了解自己的內心。

　　4.人生苦短，何需浪費時間在意別人。

　　這些答案的確都是正解，這種文章寫出來一定還會超多人轉分享，大家感動激昂：「對！沒錯！我們要為自己而活！」早上激昂完，中午放飯差不多就可以繼續過度在意別人的看法，不用隔天。

不夠忙才會在意別人的看法

不是說這些人聽不懂這些道理，看完文章的人絕對有懂，關鍵在於過度在意別人的眼光。這是一種內建DNA，寫進骨髓的程式碼，沒辦法被輕易改變的。「人生苦短，何須浪費時間在意別人」這點，很難辦到的原因是：人類沒真的差點死過一回，見到閻羅王本人然後又被閻羅王本人踢回人間，根本沒有人有辦法體驗什麼叫人生苦短好嗎？

所以，我的建議，**第一點又是：請先跑全馬。**

會過度太太太煩惱別人對自己的看法，就是：不夠忙。

忙就會累，沒就會沒時間，就會沒空只想睡。

過太爽才會多出時間在意別人想法，源頭就是不夠累！所以先挑戰全馬好了，不是半馬，要全馬42K涅槃感才夠。從訓練全馬開始，每天五點起床河濱公園跑個50圈。接下來妳一整天應該都會累到沒有心力在乎誰對妳有什麼無聊的想法，圓寂all day。例如：妳到底何時才要找人嫁啊！對方還沒講完妳就先睏死好嗎？

　　回到家後，弄完一切俗事，就可以用飛撲的方式倒在床上準備睡死，沒空滑社群軟體，沒空跟人聊LINE，睡覺是人生的圭臬；媽媽要進來念妳，妳也已經睡歪，早上五點妳準備跑步的時候，媽媽應該也還沒起床。see，完美作戰計畫。

　　當然，隨著體能的進步，妳會越來越習慣全馬的練習，有天妳會成功挑戰全馬，挑戰成功後漸漸覺得全馬不累了，雖說妳還是繼續每天五點河濱公園跑50圈，但體力變好了，所以接下來的一天妳又活力充沛了起來。對於同事有意無意笑妳男友賺不夠，或同學一直跟妳做各式各樣的比較，妳又開始過度在意了。

　　沒關係，莫急莫慌莫害怕，我們還有，超馬。超級馬拉松，撒哈拉沙漠100K。每天四點河濱公園100圈（因為要趕上班或上課，所以時間要提早一小時）。接下來一整天，又是圓寂all day。

　　好，我怕我寫到這裡編輯生氣，馬拉松只是建議之一，更全面的方式是：

　　請用運動和工作或是各種學習課程，培養興趣社交活動，填滿自己的時間。

第二個建議，找到標竿人物。

我個人的標竿人物是瑪丹娜，她就是沒有在在乎別人想法的始祖。我現在會這副德性，很大一部分是她造成的。我原本是要建議大家研究瑪丹娜，像我都會想，要是瑪丹娜，現在會怎麼做？

但我這答案說出來的時候我被我好朋友，還剛好是東吳法律的林小姐直接炮死我，罵我這答案沒用，那是因為她剛好不是娜姐粉絲！

好好好，畢竟娜姐也不是人人愛，所以找到一個處事正確、自己又喜歡的標竿人物，每次內心又在糾結在意誰的時候，當場想想：「如果我是他，我會怎麼處理？」以我個人來說，畢竟我文章或影片也是有票房壓力，早年當我賣掛的時候，廢話誰都馬會悶，我也怕被我團隊圍剿，我就去問我主修「娜姐系」的總監，娜姐專輯賣掛被大家笑的時候，她都怎麼辦？

總監冷冷地回：「娜姐已經在製作下一張專輯了。」

嗯哼！所以從此以後遇到我票房賣掛，我都按照娜姐的作法進

行。萬一我遇到被莫名的人謾罵呢？（在此強調，是莫名，不是真的做錯事情欠罵。）

娜姐會怎麼做？喔娜姐不管，之前的巡演她把自己架上十字架唱歌被宗教人士大罵，這次巡演就改成dancer穿修女露肚裝熱舞哈哈哈哈哈。我也比照辦理，繼續做我的事情。

就像總監他立志當吵架天王，每次他遇到有人挑戰他的時候，他都會立刻問自己：「要是洪秀柱現在會怎麼做？」然後做出完美的反擊哈哈哈，所以找到標竿人物是有幫助的！

在這裡提供幾個不在乎別人眼光的標竿人物，給大家參考。

蔡正元、白靈、川普、金・卡戴珊等等，可以從看維基百科開始。當然，還有很多人選可以自己去找。

一路在意、一路發憤，一路當到總統

第三個建議，如果前兩者辦不到，那就繼續過度在意。

過度在意別人想法的人，內心可以分成兩種，一種是好勝心很強，面子一定要掛住，最好是把面子用釘子釘死；一種是極度沒有

自己的主見，沒認同自我，所以腦波比梅長蘇的呼吸還弱。

　　這種DNA寫進骨髓的原始程式碼性格，應該是沒辦法改變成不在意，那乾脆繼續過度在意。辦不到的事情就免硬幹，就把過度在意當做進步的動力。人家覺得你頭髮剪短不好看，沒關係我們從今天開始就留到地板，類似這樣的意思。搞不好你一路在意、一路發憤，就一路當到總統。

　　以上建議完之後，但就又會卡在，人想要符合社會期待長輩期待還是誰的期待。想要符合社會期待通常是怕被笑（例如離職想創業，或好萊塢巨星最愛幹的，輟學去當明星），想要符合長輩期待是希望長輩快樂。因為想要符合這個期待，所以導致自己的痛苦。

　　通常心靈專家的標準答案我上面說了，該為自己而活啊傾聽自己內心想要的。道理大家都懂，不過，如果卡在要符合誰的期待，不要管別人的期待要活出自我，這又是辦不到了，華人尤其不行哈哈哈。

　　我的醫生，他很哀怨地跟我說，他兒子也跟他做同科醫生，但兒子現在還恨死他，因為是他逼他兒子做這行的。典型的兒子要符

合爸爸期待，導致遺憾終生的故事。

因為！一切根源都是巨星孔子，儒家思想！要符合父母的期待是孔子發明的！只能怪我偶像秦始皇當時沒有焚書焚完全，可能10000本只燒了6000本，剩下那4000本留下來繼續煩死後代。所以這很難，非常非常難。你只能向孔子宣戰，先從去書局買一本《論語》開始，然後回家放到金桶燒掉；或是去故宮外面有個孔子像，對他比中指。這我幹過哈哈哈，I feel so good，導致我擺脫父母對我的上班族或公務員期待，生出一個丹妮婊姐。

還是要提醒，凡事不要太過頭，太過極度不在意別人想法，只會變成真正的討厭鬼或瘋子，所以你總不能在被說穿衣服不得體、很醜之後，想說好好好老娘要極度不在意了，你們懂個屁！我要解放自我，我今天開始穿白靈的衣服走上台灣的街道。

最後，我還是要回答來信表妹問題。

當然希望以上建議能讓妳找到幾個幫助妳人生快樂點的作法，但與其在這裡煩惱這些，婊姐要說：

　　再不多讀書會連東吳都No速①，如果體力太好，那就是五點起床河濱公園50圈然後開啟一整天的念書計畫，包準妳沒體力糾結東吳到底好不好。如果辦不到改變的話，那就超級在意，一路念到台大法律、哈佛法律，大家就會gay惦惦②了。

---

① No速：收錄於婊姐星球辭典。「沒有、沒得玩」的意思。
② gay惦惦：台語，閉嘴。

3

「與其自己死，不如對方死！」 學會拒絕才能活

我好痛苦！最近朋友要我幫他一個忙。但我真的真的很不想。我覺得我有露出為難的樣子，但對方就還是持續地逼我要我幫忙。我不是一個可以很輕易開口拒絕別人的人，也怕打壞彼此的關係。但是⋯⋯我也不想違背心意去做那件事啊！我真的好苦惱喔！請問嬡姐，我該怎麼辦？

丹妮婊姐
人生哪來那麼多 可是

　　拒絕別人真的是一件有夠麻煩的事情！拒絕對方，對方好像會死，但不拒絕是自己會死。與其自己死，不如對方死好了！

　　關於拒絕別人，我有幾個方法可以教給大家。

方法一：羞恥心週年慶。

　　這是一個非常入門的技巧，大陸劇《琅琊榜》裡面，有次靖王跟一票老臣開會，在討論要出兵打仗的事情，那票老臣也是武將，所以靖王要求他們也一起上戰場。那群老頭誰會想要去打仗！全部都嚇得說，雖然很想為國家出力，但無奈身子沒力衰老沒用，無法跟著出兵！

　　搞不好他們每天起床都還跑10K下午還跟軍隊的人打架、晚上熬夜講皇上壞話好嗎？但就是要把自己講得跟中風殘廢一樣，這種時候就是羞恥心要做週年慶，面子不是問題了。

　　我曾經被邀請幫一個非常非常非常有有名的國外作家推薦書。基於某些原因，我不想推薦，這時候就是回信給出版社：

　　天啊他這麼有名，能幫他推薦的只有J.K.羅琳這種等級吧。我

也差太多了！他要是看到我的名字印在他中文版的書，應該會氣到
飛來台灣大鬧出版社一場！

方法二：找替死鬼。

最簡單的例子就是，別人跟你借錢，你看準他就是完全不會
還，根本只是有禮貌的搶劫，如同走在路上，搶匪說：「請問我可
以搶您的皮包嗎？」

此時就可以找一個替死鬼。

「哎啊我有跟老婆提，但她很不高興，說最近小孩用錢很凶，
還為了這件事跟我大吵一架，把家裡杯子摔光光，害我現在只能用
臉盆裝水喝，兄弟抱歉啦……」

這種時候就是比誰會講故事，唬爛請從日常生活培養。

萬一沒結婚怎辦？喔那就是——找別的替死鬼。例如，可以說
自己的妹妹欠了一屁股賭債，做姊姊（或哥哥）的看不下去她每天
愁雲慘霧，所以只好幫她還了賭債，現在身上都沒錢。

重點就是，把替死鬼形容得很恐怖，就算他是榮恩，也把他講

得跟佛地魔一樣，或是把他形容的有多麼品性不良，就算他品學兼優、認真努力賺錢，也講成跟豬哥亮一樣欠下一屁股債。抓住這兩個大方向，就可以開始活用周遭的任何人當替死鬼。

方法三：靈魂出竅。

靈魂出竅就是，裝死，當場閉嘴。

我媽媽每次叫我妹做家事的時候，我妹當場就是閉嘴，裝死，化作一具屍體，有殭屍經過都不會發現我妹在那裡。

我媽邱女：「ㄟ妳等下去把碗洗一洗喔！」

妹妹：「……」

我媽邱女：「ㄟ妳等下要記得洗碗啊！」

妹妹：「…….」

我媽邱女：「妳有沒有聽到啊？」

妹妹：「……」

寫到這裡，我真的很想拿碗砸我妹的頭！沒關係，她不會看我文章，所以我可以大寫她壞話。不管是邱女還是我，就會自己默默

去洗碗！

　　不過舉這例子是家人之間，家人之間的確比較不會不好意思，只是會不要臉而已。但因為沉默是一種很恐怖的壓力，所以拿來對外人使用也很好用。

　　我曾經被約過一個很不需要去的邀約，我就是沒有要去，但基於一些原因，我也無法直接說不，所以我就沉默了；我靈魂到太空漫遊，太空自由行，我在忙著看宇宙。

　　沉默一陣子之後，對方有點崩潰，覺得我拒絕了他。（看吧，就是這樣，才讓我不敢直接拒絕。）

　　自由行時間結束，我說：「我沒有拒絕你，我有聽到。」

　　這就是說話的藝術。我聽到了，代表我收到case了，但我就是一個懶散的警察，「我把檔案放桌上，我要先去吃甜甜圈再去訂晚餐」這樣的概念，但我沒有拒絕處理喔，我只是，在等你忘記哈哈哈哈哈！

　　如果是LINE的話就是已讀不回。這我都會設定一個劇本，當我要回的時候：

丹妮婊姐 人生哪來那麼多 可是

　　天啊家裡開水滾了，但媽媽在廁所烙賽，所以她從廁所大吼快去關瓦斯！我關完之後此時家裡電話又響了，是阿姨打來的，又跟我抬槓一輪說她朋友的女兒找到一份工作薪水十幾萬多厲害。之後好不容易媽媽從廁所出來，我把電話交給媽媽，媽媽說：「妳衣服在洗衣機裡面都還沒去晾，都要發霉了！」所以我忘記回訊息了。

　　但如果你這次沒回，對方之後還在追殺你，有夠白爛❶，那就是不要打開那訊息，直接整個刪除。不是封鎖，是刪除。我們沒有要斷絕來往，這樣那訊息就是永遠無法已讀，我準備好的劇本是：手機送修所以資料全部沒了。

建議四：巨星公關發言。

　　瑪丹娜演唱會，每一場總是延遲開唱2小時起跳，公關發言人永遠說詞都是：「設備有問題，燈光有問題。」

　　但全球都知道，娜姐只是在後台滑手機、打坐，還是跟蓋瑞奇用電話吵架！設備根本超健康好嗎？

　　公關就是一種「讓人活得比較好的說謊」，但大家好像還是罵瑪丹娜罵得要死哈哈哈。總之，這可以運用到我們生活中。

　　例如：有朋友跟你說：「這禮拜六我們公司有一個很棒的產品座談會ㄟ，我們的新加坡藍鑽經理陳姐會來到現場喔！你要不要來聽聽看？」

　　這就當練習題，因為這太簡單了，巨星毋須做回答的示範。

建議五：歡喜答應。

　　不用緊張，這只是小標題，我話還沒講完。

　　這靈感完全從我妹身上學到。一樣，我跟我媽叫她做家事，她歡喜答應，說好，我等下就去拖地。

　　我都會覺得妹妹今天好可愛，居然難得答應要做家事～～妹妹長大了！妹妹今天人好好！

　　但等下就看到她花枝招展出門，或是關起房門去睡到隔天。

---

① 白爛：台語寫做「白卵」，不上道、囉唆又白目的意思。

　　歡喜答應，但～～其實根本沒有要做哈哈哈哈哈！看著她出門的背影，靠，我原本都會以為是不是我腦袋錯亂了，剛剛說「好的，我會去拖地」的不是妹妹嗎，還用充滿使命感的表情說的啊。我是不是記到幾年前的心靈畫面，不小心剛剛在腦袋播放了？

　　我的確有對外人用過這方法，來面對我實在很不想達到的要求。我就是被拗，拗到骨折。我歡喜答應了，但我沒有去做。

　　這不叫做不守信用，這叫做對方有臉拗你，我只不過也有臉忘記而已。

外掛：看到棺材。

　　最後這方法比較特殊，但可以讓你永遠沒有再次面對拒絕的困擾！一勞永逸。

　　有一種人，尤其某一星座，但我實在無法明講什麼星座，我怕被罵哈哈哈。這星座的人真的是滿難被拒絕，你不管用什麼理由拒絕他，包括前面兩者貶低自己或調侃自己，他肯定都會記恨。他是不會當場翻臉，但就是寫在一張紙上，然後拿一把刀，用力把那張

紙插在牆壁上！

　　有一次我遇到一個我必須拒絕的要求，因為那要求完全就是對我有壞處，但我深深的了解到我不管用什麼理由拒絕，都會被對方用麥可筆寫在牆壁上。我朋友總監跟我說：「妳就做，然後做爛，而且不是普通爛，要爛到地獄。妳就吃這次虧，但讓他自己知道這要求完全就是一個天大錯誤，他以後也不敢再找妳提出同樣要求。」

　　那一次我就真的做到最爛，爛到地獄。我把我的屍體裝在棺材裡面，呈現給那人看——對，你就是踩著我的屍體。那人從此以後閉嘴哈哈哈哈哈！

　　譬如他叫你煮飯給他吃，你完全不想煮，但你拒絕了，他就是寫在紙上，用刀把紙插在牆壁上。所以你就煮！不但要煮得很難吃，讓他吃一口就吐到碗裡之外，最好還把廚房燒掉！

　　我印象中很深刻的一次，我禮貌性拒絕了某件事情，結果對方由愛生恨，毀滅性地崩毀；很像他寫情書給學長，學長不接受他的愛，所以他火大，告訴全校學長是王八蛋。

丹妮婊姐 人生哪來那麼多 可是

　　我看到他那樣的反應，真的懷疑他會半夜爬進我家，拿著蠟燭盯著我看，然後用刀片在我身上寫字！（備注：跟愛情無關，愛是有很多面向的。）

　　誰要是跟他交往，哪天要提分手，就是真的會被潑王水。

　　如果遇到這種被拒絕就世界毀滅的人，該怎麼辦呢？恐怖情人不在我這次討論範圍，我是指一般性的拒絕。

　　喔，就是道歉。沒錯也道歉，把腰折到360度。腰折斷小事，被潑王水大事。對方不接受怎麼辦？就去月老廟誠懇地祈求月老，讓對方趕快愛上下一位！

4

人生方向怎麼找？
除了犯法的，什麼都試試看

　　我今年大四，明年就要畢業了。我沒有繼續升學的打算（對念書沒什麼興趣），應該就是直接找工作吧。同學們有人想繼續考研究所，有人已經確定要去哪家公司工作，就算沒有確定公司，也知道要往哪個方向找。反觀自己，沒什麼想法；沒有特別感興趣的領域、沒有特別專長，也沒有一定要完成的夢想……好像有點糟糕喔？但我真的不知道自己的未來該往哪裡去。請問姨姐，我該怎麼辦？

　　我曾經被《Cheers雜誌》專訪過這問題，好，這篇我就複製貼上整篇報導作為回答。

　　沒這麼好的事情，當巨星有時候也無法耍特權。

　　日本暢銷作家東野圭吾在《解憂雜貨店》這本書裡面，描述一位一直幫人回答問題的爺爺，他說了一段話：

　　如果說，來找我諮商煩惱的人是迷路的羔羊，通常他們手上都有地圖，卻沒有看地圖，或是不知道自己目前的位置。但我相信，你不屬於任何一種情況，你的地圖是一張白紙，所以即使想決定目的地，也不知道路在哪裡。

　　「地圖是白紙當然很傷腦筋，任何人都會不知所措。但是，不妨換一個角度思考，正因為是白紙，所以可以畫任何地圖，一切都掌握在你自己手上。你很自由，因為你充滿了無限可能。

　　好，解答完畢，下課。東野是超級暢銷作家，他說的肯定是對的。

　　我不是故意要為了讓自己看起來學識淵博才去翻書本抄這段

話，是因為他完全講出答案了啊哈哈哈。

　　好好好，巨星還是沒有耍特權的權力。每次我看很多美國巨星還是大企業家的生平，怎麼很容易一樣，同一個群體的成功人士生平都互抄嗎？

華人文化不鼓勵冒險跟犯錯

　　好萊塢巨星約莫都是高中就知道自己要演戲，所以沒念大學，跑去打兩份工，然後一邊試鏡最後演了什麼，一炮而紅當巨星。大企業家比較晚一點，通常是拖到大學念一半輟學，跑去一個地方創立公司。那地方叫車庫，沒有別的地方。

　　我們通常高中只知道要考大學，大學時就只知道畢業要考研究所跟找工作。我大學的時候，那時候奇摩拍賣才剛剛開始，那還是一個沒有YouTube的年代，手機仍是摺疊機。Sony Ericsson很威好嗎？

　　馬的為了寫文章，完全彰顯自己是個老妹。那時候拍賣沒有任何商家，全部都是個體戶，沒事幹把家裡不要的東西拿上去賣；拍

照都超親切的，東西放床上拍，旁邊還有棉被，哪有什麼夢幻網拍模特兒。

當時我念廣告系，我的某一個大學老師上課的時候說：「以後你們搭捷運的時候，用個手機就可以買賣東西，用奇摩網拍就可以賺歪了～～」

全班當耳邊風，不對，我稱之為，耳邊的喇牙。因為風吹有聲音，喇牙移動完全沒有聲音。

因為當時我們用摺疊手機，上網那個按鈕因為按進去頁面很怪又要收費，所以我們從來也沒人會用手機上網；再加上網拍就是拿來賣家裡不要東西的地方，所以敝班沒人成為「東京著衣」老闆娘（她大學的時候就去夜市批貨，開始在網拍販售）。我跟一位朋友每次想到這件事情，都很懊悔！要是當時有聽進去，我現在就是每天女強人裝扮踏進辦公室。「祕書，給我今天下午會議行程。」

老師的水晶球有夠準根本，廣告系天師，更勝蔡上機。

這故事有兩個重點，一方面是我們真的錯在把老師話當耳邊喇牙，不是風，風有聲音。

　　再來是，我們的文化，並不鼓勵冒險跟犯錯，所以我們當時聽到，壓根也沒人想去冒險創業。華人的文化通常只想要穩定。

　　老外對犯錯有夠不介意。鋼鐵人以前嗑藥，他們嗑藥都來真的，嗑到要進勒戒所。老外沒人罵他，現在就自己爬到好萊塢一哥。

　　看很多巨星跟企業家被採訪，談到他們的人生，真的沒人提到在追求人生目標或夢想的時候，爸媽跳出來說「你演戲沒有用，你去考公務員」等諸如此類的不支持跟反對。

　　所以如果你今天沒有人生目標，你很苦惱，那不是你的錯。

　　怎辦，接下來老梗——是我們的學校教育、家庭教育還有文化造成的。這麼老梗的話講到現在居然還是沒被改變哈哈。

　　別緊張，有天會找到的。可能是明天，也可能是60歲那天哈哈哈，我不能保證啊！

一直找、一直試，總會找到的

我曾經看過伍佰的專訪，他說自己在當歌手之前，做過很多工作，保險業務、擺地攤、送貨員等等，他覺得有名片很威，但他發現自己每一件事情都很努力，但還是做得不太好，他自己也很痛苦。

後來巨星故事的老梗之一：他誤打誤撞開始彈吉他寫歌。他發現，只有這一件事情，做的時候不用花上超多力氣，但又好像做得比別人好。所以他就踏上搖滾巨星之路。

最理想的人生方向是：你能做一件事情，做的時候不用花上超多力氣，你自己也很喜歡，然後做得也比別人好。

那要怎樣找到？就什麼都說好！要不要去進香團九天八夜？好！搞不好你就會變成顏清標第二。要不要去露營？好！搞不好你就變成Discovery頻道《荒野求生》主持人貝爾第二。但這兩個我都不好，因為我已經找到人生方向了哈哈哈，我不需要這兩樣有夠累的項目！

　　很多人運氣很好，像是莎莉・賽隆跟《慾望城市》的凱莉，她們都是誤打誤撞，人家找她們演戲，她們都說：「喔好啊～～」靠，這一好，變成巨星。

　　多學東西，多認識人，什麼都嘗試，有機會的話，連尿都喝一口看看。就是這樣，總會有天遇到自己想要的。

　　殺人放火販毒不要嘗試，其他都可以，有一天總會試到OK的。但講完我又覺得後悔。因為我看很多歐美大毒梟也是天生吃這行飯，還吃超好。算了算了，台灣真的市場太小，無法變成毒梟，頂多變成毒品批發商；還有要跑路也很難，因為土地很小很好抓，美國很大，很好逃。

　　我大學畢業後，不知道要幹嘛，奇怪了為何瑪莉亞・凱莉從小就知道她要當歌唱巨星，我到大學畢業還不知道要幹嘛，到底是誰跟她說的，那人電話幾號？可以打電話跟我說嗎？怎就沒人告訴我？我打開求職網站的時候，真的是連要按哪個類別找工作都不知道，我就這樣失業一年多，還失業兩次。失業的時候，當時我真的

太不知道要幹嘛了，政府有一個，我忘記正式名稱，反正就是去諮詢工作方向的窗口，類似就業輔導，免費，我就預約去了。

完全沒有任何幫助哈哈哈哈哈。聊得有夠乾，但我也不怪那阿姨，她又不認識我，她是要怎樣給我人生方向，她又不是唐立淇。

我就這樣徹底不知道要幹嘛，然後就就當了六年上班族，毫無人生方向。我只覺得，為何世界上很多人可以做自己愛做的事情，但又賺很多錢，我做這麼不愛做的事情，錢還這麼少。但我也真的不知道我愛做什麼。

直到我誤打誤撞寫了文章，又誤打誤撞出書，又誤打誤撞開始錄影片。果然巨星之路故事真的都會有很大部分雷同哈哈哈，很幸運的，我就這樣找到了。

找人生方向的時候，過程不會太順利，如果你想要過得舒服，那就是真的不要找。不順利的情況有兩種。巨星有責任先告知各位。

第一種，因為華人社會並沒有在推廣找人生方向這件事情，如

果你說要找人生方向，旁人通常只會冷冷的說：「你先工作賺錢好嗎？」

這一點我很幸運，因為我沒有刻意去找，我是邊有收入邊找到的。

第二，找啊找，萬一你找到的人生方向是結婚生子當公務員，我在此恭喜您，那就是會非常順遂，舉家歡騰！

萬一你找到的，不是華人社會普遍所認同的，那就是會苦。例如你開口跟家人宣布，你要當藝術家，我想很多華人媽媽應該會先以家裡死人的方式哭出來。如果不甘願被華人的社會價值觀困住，那就想辦法出國去。

如果你的方向是創業成為企業家呢？

我們做事情總是要先求好兆頭，我深情建議，先去找到一個車庫，差不多就會成功一半了哈哈哈！所有老外企業家都是從車庫起家！不是停車位是車庫！

5

有些人際關係，
斷了只會活得更好

　　我有一群好朋友，感情算是滿好的。不過，我最近開始有點困擾。例如出去玩，都是我負責排行程、找旅行社。原本也只是想，朋友之間幫點忙不用太計較。但是最近遇到幾次，我花了很多時間排好行程，朋友們一個一個跟我說不能去……有處理過這種事的人都知道，訂好的行程要更動是很麻煩的。我曾經跟他們明白講過這件事，但他們還是一樣。我越來越懷疑在他們心中我到底算什麼，可是，我仍想維持這段友誼，不知道怎麼做，好難過……請問嫄姐，我該怎麼辦？

丹妮婊姐 人生哪來那麼多 可是

　　我自認身為巨星，排場就是要很大，不過，在朋友圈，我都是那妥協配合的窩囊廢啊哈哈哈哈哈。我沒有發球權啊！怎辦，這樣我營造出來的婊姐招牌，柯P可能要派人來拆除了。我超常被奉天承運皇帝詔曰！

　　例如我有群朋友，每次吃飯的餐廳，都莫名的會由其中一人決定。我們其他人每次提的餐廳，真的是卷宗還沒放到老闆桌上就被丟到垃圾桶，我也不知道為何，他就是要決定。其實我也是沒差，因為我並非老饕。

　　但問題就是出在，這人決定的餐廳，我每次都覺得他是不是在跟我們玩「把台北最貴又最難吃的餐廳吃遍一輪」的遊戲！

　　永遠都是又貴又難吃，還吃不飽。幹，我真的因為他，把全台北市最貴又最難吃的餐廳搜集完成，沒有一次不破五百直逼一千，而且全都在車拼誰比較難吃哈哈哈。後來我發現其他人也都覺得，每次都又貴又難吃又不飽，不只我這麼覺得。天啊這人是不是上網打：貴又難吃餐廳.com，才有辦法找出這一連串的垃圾餐廳?!

　　對於這朋友，餐廳金正恩獨裁，講真的，仔細想想也會是堵爛①

啦，到底獨裁個屁？我這樣跟狗挺像的，狗不都是被主人決定吃什麼的，而且難吃也是必須吃啊。

　　但如果要繼續當朋友，絕對不能「仔細想想」。就是——最好都不要想！

把爛朋友當修行

　　為了繼續維持友誼，**我提供的第一個方法是：當修行。**

　　把他讓你堵爛的地方，當修行。人因磨練而成長，人因別人的機掰而涅槃。每次被餐廳金正恩逼去吃完垃圾餐廳，我都沒當場翻臉。天啊我覺得我真的法喜充滿，而且被極權統治我居然也沒有起兵造反。嗯，我再這樣下去肯定有天會變成甄嬛那樣冷靜的女性，最後想必能讓我在社會上爬到高位哈哈哈。社會上更雞歪的人更多，我先從小的練習題開始，以後遇到更雞歪的人，想必也沉得住氣。

---

❶ 堵爛：台語。不齒、覺得討厭的意思。

第二個方法：內心做回顧優點PPT。

　　每次咬那些爛食物的時候，我都滿腦子想著這朋友的優點：嗯，他對我好像不錯，講話也挺有趣的。每次在餐廳我掏錢的時候，都想著：曾經我有難的時候，這朋友也是有安慰過我，嗯，我該感恩。滿腦子都想著他的好！連他孝順媽媽或書包很整齊我都算進去哈哈哈，這份PPT很滿！

　　雖然當下我真的覺得很堵爛，只能以被警察錄口供一般，要你回顧當時發生狀況的細節那樣來回顧！

　　如果要繼續當朋友，就是在心中做一份這人的優點PPT回顧，別無他法。但我這情形是比較屬於只能硬吞的狀況，因為我是要怎樣在群組講：「這次餐廳換老娘選，因為某某某挑餐廳品味特爛。」

　　我是要怎麼說出口！畢竟他也沒有實質上的錯誤啊！又不是說永遠都遲到一小時！他只是品味出了問題，跟比較獨裁而已。

有個表妹寫信問我，說她每次被一群好朋友約出去玩，都是排行程那個人，一人旅行社，交通景點飯店時間全都她排。她是甘願，只是花很多時間排好之後，出發前一刻，朋友多次一一放鳥，放鳥天團。

她問過其他群朋友，大家建議她：「妳就是要表明被放鳥很不爽！下不為例！」

她照做了，但這群放鳥天團依舊放鳥，次數多到根本賽鴿哈哈哈，死性不改。

這表妹問我該怎麼辦，她是覺得跟這群朋友相處很好玩也很親近，但難道自己只能繼續認命當慈善旅行社嗎？

這種議題，就非關品味了，是實質上的小雞歪。舉凡實質上的小雞歪，例如老是放鳥，或是你討厭煙味但他老是要在你旁邊抽菸等等，苦主是可以直接明白表示自己不高興的地方，但如果朋友還是不改呢？

舉凡朋友不改、屢勸不聽，就是第三個方法：亂世要用重典。

以這表妹的例子，就是大家到了車站時，表妹跟大家說：「阿

我啥都沒訂，我忘記訂了！那現在大家就站在這裡訂吧！阿我手機只剩下5趴！你們分頭查一下囉～～不然我們今天就是站在車站大廳這裡玩看誰先笑。」

要是有朋友當場嗆：「欸這種事妳怎麼可以忘記啊？」

那就是一臉無辜地回：「之前妳不能去也說妳忘記提早講啊，我以為這是我們的相處之道啊。」

「我以為這是我們的相處之道」這句台詞很重要，就是亂世要用重典的金句。這樣的話還是可以繼續當朋友，不是撕破臉。

但我還是深情建議，內心要有一把，我稱之為「雞歪之尺」。舉凡一人雞歪程度，用雞歪之尺量，超過了一個刻度，就是可以fire這朋友好嗎？

人際關係之中，有些關係斷了只會活更好。

讓自己不缺朋友

另外，提供大家外掛的一個方法：我不缺朋友，我朋友很多。

這方法必須是可以接受「不能繼續當朋友」的前提下使用。

　　人生唯獨出生父母肯定不能選；上司跟老闆稍微可以選，同事也勉強能選；但為五斗米折360度的腰在所難免；老公老婆不見得能選了，因為離婚很麻煩孩子更麻煩。但朋友，朋友是最可以選的好嗎！是唯一一個可以讓我們大選特選的人際關係，有選擇權很爽欸！到底為何還要為難自己啊。

　　很像是買房子礙於預算，只能買這樣坪數跟地段。馬的我現在財力應該只能買雲林的木屋，沒辦法啊能力不夠，不然誰不想買比佛利山莊啦。

　　但走進十元商店，還要再礙於預算只能買比較不喜歡的嗎？十元商店可以有很多選擇了吧！到底為何要在進了十元商店，還把唯一的選擇權放手勒！

　　我有一個好朋友，他跟我震撼教育地說：「出社會後交的朋友我都先看利益，先看那人對我工作或以後有沒有利益，搞不好都是人脈。如果沒有利益也沒關係，能讓我覺得好笑快樂的的話也能當朋友。朋友相處就是要快樂，如果沒有利益又沒有快樂，那就滾吧，誰鳥他！」

哈哈哈，很有道理啊，朋友的定義之一是「你能帶給我快樂，我也能帶給你快樂」；或是「你能帶給我利益，我也能帶給你利益」，我們大家都是朋友！

我哪知道我會不會今天就死啊，很多人不是出個門就被車撞爛了？我希望我能有幸福快樂的一生，所以，如果對方真的雞歪到不行，我死前還在為了他堵爛，有夠浪費我生命。

你幻想一下，假設不幸你死了，你的靈魂站在屍體旁邊思考，到底是死前一秒要邊走邊堵爛這朋友的所作所為，氣到五臟六腑全破，還是要喜孜孜地剛吃完一頓超好吃的大餐，身旁都是彩虹？我要後者啊！我希望我死前那秒是幸福的，為我的生命畫下快樂的句點。

一個人如果讓你一直不快樂，那就叫天煞孤星，不叫朋友，可以直接斷絕來往就好了，不用糾結。

我生命中就出現沒有利益，欸～～也沒有快樂的朋友，不但沒利益沒快樂，還讓我很不快樂。注意，沒有快樂但心情平靜，可能只是那人笑點跟自己不同，或是單純興趣不同無話可聊，跟造成不

快樂心情海嘯，兩種是不同的。後者更爛，後者是有做出機掰行為的。

那就是讓他成為冷板凳球員，可以不用上場了。我朋友很多，我不缺朋友。

讓人很不快樂的人際關係，斷了只會活更好。人生在世，很多時候要為了妥協，所以必須容許被那樣對待，就像身為巨星，被一些網友罵是必須容許的；或是你為了薪水妥協，被老闆罵飯桶也是必須容許的。但朋友對你機掰，不需要容許。這是唯一有選擇權的，非常珍貴！

但事情也不用一定要做到這麼絕啦，如果不是雞歪到超出雞歪之尺的刻度，或不是到搶男友，還是在背後到處講壞話，這種叫王牌律師來也打不贏的官司，也沒有必要正式宣布老死不相往來什麼都封鎖刪除。還是有另一種折衷的選擇，**第四個方法叫做：喜酒朋友。**

就是只有喝共同朋友的喜酒才會遇到哈哈哈。但遇到了也是可以歡樂聊天！我們還是朋友啊，但僅限在喜酒那幾個小時之內！

　　我有一個朋友，幹寫出來也很怕她買我書，但寫的當下我們是已經很久沒聯絡啦哈哈哈，但怎辦啊萬一出書之前又聯絡上了，她熱情要買書我不就登愣？

　　這朋友就叫她勝利組（還是寫了）。她小孩出生後，我們這票人當然有去探望跟送禮物。但有天我們發現，勝利組小孩週歲了，週歲派對她廣邀各方好友，但我們這群，她只約了一個叫小公主的，我們其他三人，包括巨星我本人，do re mi沒受邀女王派對，冷板凳哈哈哈。我們三人真的很茫然，想不出自己做錯了什麼事情，還是說～～因為我們三人上次禮物送的價位不夠高所以被排擠了啊？

　　但我們想想，也就算了。後來到了要幫朋友慶生的時後，從日期到時間，我們都配合勝利組，不是配合壽星哈哈哈。因為勝利組生了小孩，母憑子貴是華人文化裡面一個無法被摧毀的現象，就算她不是嫁給皇帝我們也不是其他妃子，但生了小孩的人，就是自動地位上層樓！

　　勝利組還派小公主發言：「因為勝利組現在是媽媽～～不能晚

回家，所以我們大家就約下午喔！」

　　這段話前面少講八個字：「奉天承運，皇帝詔曰」！

　　朋友之間，居然還有發言人，好萊塢巨星來著。我們是多難講話啊？我們不都沒意見嗎？還要派打手！好好好，那就這樣，約下午，連幾分幾秒站在什麼經緯度我們都全力配合！我們隨和王！

　　do re mi三人沒被約去週歲派對，現在還要聽官方發言。我說過了，巨星我在現實生活是窩囊廢，柯P會拆我招牌。

　　就這樣，我們全數人根據勝利組的生辰八字推演出的出門良辰吉時，搭配她小孩喝奶的時間表，訂定好壽星生日慶生。噢，再次強調，勝利組本人不是壽星，壽星是別人。

　　結果相約的前一天，勝利組放鳥我們，說她不能去哈哈哈。而且理由，爛到我不想寫出來，太爛了，我覺得會帶賽我這本書的銷售，所以我就不寫了。

　　勝利組還下令：「我不去的話你們還是可以約啊～～」

　　我們是沒有聽她指令相約，結果小公主很堵爛的對我們do re mi說：「你們真的很不珍惜友情。」（隨後附上珍惜友情網路文章連

結。）從此以後，她們只會自己相約恩愛上傳照片，連跟我們有關的事情，都不在臉書tag我們了。

哈哈哈哈哈，這不叫水星逆行，叫水星土星金星木星土星全部一起逆行！

就這樣，do re mi三人，包括巨星我本人，我是do，被她們踢出交友圈。但我們沒有撕破臉，也沒有交惡，也沒吵架，只是我們的友情不會再有吃飯出遊跟天天嘴砲聊天。

我們成為了喜酒朋友。這種就是我們哪個共同朋友要結婚了，大家喝喜酒那天遇到才會有交集。就算勝利組或小公主坐我旁邊，我也可以跟她歡樂聊天。

我不恨她們，也不討厭她們，也沒撕破臉。論情感上來說，我本質上是喜歡她們的，因為真的要好太多年了。

但出了喜酒餐廳就是，下一場喜酒再相遇～～如果朋友全部都結婚了，那再相遇的時間，就是看誰的喪禮哈哈哈。

不過，也不一定朋友喪禮遇得到喔。因為我有一個好朋友，就

叫他房貸冤大頭。我們的共同好友鳳姐在得癌症開刀期間，房貸冤大頭一次都沒有去探望，我們是超多年的好友，他就這樣默默消失（但從臉書看得出來近況啦，還是活著啊沒死，還出國玩），不聞不問不關心我們死活，連朋友癌症，他都不探望。

　　這種就算鳳姐哪天死掉，舉辦喪禮，他也不見得會出席。所以不見得見得到，要見到的話只能是，冤大頭本人的喪禮，因為他自己的喪禮他必須出席啊哈哈哈，只能瞻仰遺容時見了。

　　最後，祝福大家都能有快樂的友誼！

Part 3

一直可是，
注定當 Loser 冠軍

1

卡在比鬼還恐怖的現實裡受苦，
不如拔腿就跑！

　　我出書壓力大，長了痘痘。看著痘痘，我對鏡子大尖叫，鄰居可能以為我撞鬼。我還在家大哭，還哭了兩次，我朋友聽到傻眼，說：「妳之前被莫名路人罵無恥下流比狗笨都沒哭，現在居然為了長痘痘大哭……那些罵妳的人要是知道妳被他們罵沒哭，長痘痘卻在家大哭兩次，他們應該會跳樓吧……」

　　痘痘真的讓我崩潰，我想砸爛全世界每一面鏡子！

　　我的尖叫幾乎叫破整社區的玻璃，叫完之後，我就去整整看了三家皮膚科哈哈哈！

人生哪來那麼多 可是
丹妮婊姐

　　我給一個女按摩師傅按摩，幾次跟她聊天，聽出她之前人生不是太順遂。

　　她說到現在，她風雨無阻跟妙天法師修佛，下大雨颱風天都照去，展現出無比堅定的決心。

　　我想，她對於想要更好的人生，真的很堅決，這樣也很棒，希望她下半輩子能更順利。

　　我問她：「那妳人生有更順利嗎？」

　　她說：「不是，我是不要再六道輪迴。」

　　當時我不懂什麼是六道輪迴。她說：「投胎。」

　　我反問：「所以……妳拼死拼活修佛是為了，不要再當人?!」

　　她大吼：「對啊！累死了再也不當人了！」

　　哈哈哈哈哈，人世間就是有這麼多煩惱！

　　我想了一下，說：「天啊我也不想六道輪迴，當人有夠累，但我完蛋了我基督徒，我沒得修！」

　　按摩師傅說：「妳放心，我們那邊超多基督徒的，歡迎妳來！」

　　哈哈哈哈哈，搞什麼鬼！一堆基督徒也不想投胎！

　　這件事情就是更讓我體認到，人生在世就是會有各式各樣爛事發生，每個人都有面對的方式，但看我的按摩師這樣拚命修行，為死後做準備，也沒不好，只要能讓心裡有寄託，都是好的。

　　只是，死後有點太遠了，我個人偏好還是先處理完這輩子的事情；又沒有人可以跟我掛保證，修行後，下輩子確定能脫離六道輪迴，我不想虧大啊哈哈哈。

不面對現實就無法解決問題

　　處理生命中災難的第一步，唯有先面對現實。

　　但我講完立刻心虛，因為我認識一個女生，就叫她貴妃。她老公就是外遇，鐵證鐵到派王牌律師來都會gay惦惦。貴妃生氣，但～～貴妃氣的點是，完全覺得是外面的女生瘋癲纏著她老公，她老公才沒外遇。貴妃經典名言：「難不成今天隨便一個瘋女人來說我老公跟她外遇，我就要相信嗎？」（很怒地說這些話。）

　　哈哈哈哈哈，所以貴妃現在活很好，因為她十足地覺得老公只

　　愛她，沒外遇。我立刻掌嘴，沒有面對現實，也能活很好啊，哈哈哈，那這篇不用寫了！貴妃老公也活很好，他一定覺得喔耶我有通行證了！

　　其實不然，沒有面對現實，苦主本人只能暫時活很好。在此強調是「苦主本人暫時」，因為貴妃老公接下來人生應該都會活很好，反正老婆說這假的。（想必貴妃把那法師當偶像。）

　　因為貴妃就是這樣沒有面對現實，繼續好吃懶做又極度大牌跟脾氣很差，也讓自己變成……坦白說，又蒼老又肥，成為一個老肥醜的雞歪女人。這就像三高❶的人不聽勸，成天繼續把奶昔當水喝、蛋糕當飯吃，遲早有天走進醫院躺著出來。幹寫到這裡我都覺得我是不是要保送地獄，還直奔地十八層，但我只是說實話而已，為何說實話要保送地獄啊！

　　她完全在推老公外遇一大把。即使我是一個女人，看到她那樣貌我也陽痿，手錶永遠六點半，更何況男人？這時候可能有人要罵，結婚怎可以因為老婆外表變成老肥醜就外遇?!（我還沒算上好吃懶做跟極度大牌喔。）

　　欸，人類是視覺動物，男人尤其，請面對現實；連女明星這麼漂亮，都一堆老公外遇了不是嗎？如果我們今天是狗，狗是靠鼻子度過人生，OK，那我閉嘴，我們維持香噴噴即可。

　　不面對現實，就無法解決問題，我媽邱女金句有一句是：「家事放在那裡，還真的都不會有人偷做。」

　　哈哈哈，我們遇到的問題就是跟家事一樣，放在那裡，不會有人偷偷幫你解決。不面對現實，或許表面上會活很好，但心境不會是輕鬆的。

　　為什麼人無法面對現實？很重要的原因是，第一，無謂的羞恥心太多。第二，覺得現實很可怕。

　　所謂無謂的羞恥心，舉例來說，很多人隨便被說一下就生氣；太多人就是因為沒辦法面對現實，所以一講到實話，對方就會噴火，哥吉拉這樣，因為他們會覺得被冒犯了。例如，我就看過很多女生被說：「妳是不是發胖了？」對方就立刻哥吉拉噴火啊：「我

---

① 三高：高血糖、高血脂、高血壓。

哪有！」

　　不然就是這篇，我的繆思，貴妃本人，如果當時跟她宣布他老公外遇鐵證的人，還不死心繼續說：「可是妳老公跟那女的真的blablabla……」

　　貴妃肯定當場翻臉，哥吉拉、酷斯拉，或是《史瑞克》裡驢子的噴火龍老婆。

　　聽到事實，就覺得被冒犯的人，都是過多的羞恥心在作祟，造就無法面對現實。過多羞恥心會造成很沒必要的怒火，不然哪來「gian小燈朽氣②」這詞，但哪裡有gian小燈朽氣的人在發火之後，會去面對現實的。沒有，都是當場得妄想症啊，否認事實。不面對現實，就無法解決問題。

　　那該怎辦？就羞恥心要天天週年慶，大概五折就好，三折太多。

　　羞恥心週年慶後，態度會變成：「蛤我真的變胖囉……嗯……那我該怎麼減肥……」

關於第二點，現實很可怕怎麼辦？

對，通常現實都比鬼可怕，我覺得叫貴妃現在選：要老公外遇，還是遇見無頭女鬼，她應該會選無頭女鬼。

馬的寫這篇我真的丹神父招牌折斷多次，因為我就是天生很會面對現實，是要怎樣量化天生就會的事情；就像瑪莉亞・凱莉天生會海豚音，你現在叫她教海豚音步驟，她一定也講不出所以然啊哈哈哈。

像我出書壓力大，長了痘痘，我真的覺得很可怕，因為皮膚是我此生的罩門（還有體重）。你要我選擇遇到無頭女鬼還是長痘痘，拎祖媽選無頭女鬼！

看著痘痘，我對鏡子大尖叫，鄰居可能以為我撞鬼。我還在家大哭哈哈哈，還哭兩次。我朋友聽到傻眼，說：「妳之前被莫名路人罵無恥下流比狗笨，妳沒哭，現在居然為了長痘痘大哭……那些

---

❷ gian小燈朽氣：台語。有人寫成「見笑轉生氣」。娸姐這是音譯。因為被別人戳中痛處，覺得丟臉，就轉為生氣了。

罵妳的人要是知道妳被他們罵沒哭，長痘痘卻在家大哭兩次，應該會跳樓吧……」

喔對啊，如果問心無愧，誰care被不重要的人罵啊。痘痘真的讓我崩潰，我想砸爛全世界每一面鏡子！

現實很可怕怎辦？為這本書，我想破頭，後來我在我的痘痘崩潰中想到了答案。

喔，就對鏡子尖叫啊，我叫破整社區的玻璃，像廣告裡的貴妃，可以叫破全台灣玻璃啊哈哈哈哈哈。現實就是這麼可怕，也只能叫一叫啊～

叫完之後，我就跑去整整看了三家皮膚科！

重點來了，現實有分可以改變跟不能改變，可改變的，例如痘痘，那就是一早去敲皮膚科醫生的大門，用哭腔把臉湊到他眼前！例如老公外遇，那就是去小三家潑小三王水然後離婚，喔不是，我胡鬧的，萬一妳不想離婚的話，那就是找出感情破裂的原因。

如果原因是自己太雞歪，那就是修正自己的個性；如果原因是老公堵爛妳好吃懶做，那就是從今天開始當家庭小精靈多比 ③，如

果原因是老肥醜所以老公六點半，那就是每天早上五點河濱公園
10K開始減肥，用各種方法想辦法挽回老公，而不是繼續當雞歪的
老肥醜女人好嗎？

不可改變的現實就坦然接受

可改變的現實，就是認真去改變。

我一直能坦然面對事實的主因是：我覺得卡在這個比鬼恐怖的
現實，很苦！

馬的看到無頭女鬼你會怎樣？拔腿就跑啊！跑得比奧運金牌還
快，難不成就站在那跟她玩看誰先笑的遊戲？總是要跑了才能改變
撞鬼的事實吧。那既然現實比女鬼更恐怖，那更要做出動作去改
變。唯有做出動作，苦才能被終結。不然我不會跑三家皮膚科了哈
哈哈。

不可改變的事實，例如婊姐身材五五比是無法改變的事實，我

---

❸ 家庭小精靈多比：《哈利波特》裡面的生物。會為了以契約綁住他們的家庭提供服務。

總不能衝回家賞我媽邱女兩巴掌吧？那就是坦然接受。這也是唯一一條路，沒有替代道路，沒有什麼不接受的。

我有朋友被他女友甩了。後來他前女友得知他喜歡上別人，立刻蕭查某模式，不停地大吵大鬧地說我不接受。

我朋友已經喜歡上別人，這是無法改變的事實，哪有什麼接受不接受？不接受「無法改變的事實」的，真的是在說廢話。幹，我選的政治人物落選，我不也是只能接受？馬的，車勝元結婚了，我不也是只能接受嗎？喔不對，我不接受啊，車勝元～～你給我離婚～～娶我～～

人生在世就是一直在追求各種爽，老公疼，爽，被誇獎漂亮，爽，瘦到能穿S號的褲子，爽，各種各樣的爽，只是災難有時候會來，就不爽了。唯有面對現實，做出改變，才能脫離不爽回到爽！

不可改變的事實，下面兩篇再談論該怎麼辦。

2

遇到慘事，
變身「自我安慰大王」

　　我有個朋友小張，跟男友登記結婚後要宴客，宴客前夕，老公悔婚，說：我愛上別人了。

　　登愣～～天還真的是有塌下來的一天，小張跟爸媽還要一一通知所有親友婚禮取消了。

　　沒想到小張傷心兩週後，她突然——叮咚叮咚！

　　還沒宴客就離婚這件事情，換個角度想：人生這麼慘的事情都經歷了，那以後真的是沒啥好怕了欸～～

　　這件事情沒有變成禁忌話題，以後她要遇到任何困難，都覺得還好了，因為她都還沒宴客，就離婚了哈哈哈！

遇到人生中的災難，但那個災難是無法改變的事實，到底該怎辦？

我有個朋友小張，跟男友登記結婚後，婚紗拍好、喜帖發好，在宴客前夕，老公悔婚，說：「我愛上別人了。」

登愣～～天還真的是有塌下來的一天，小張跟爸媽還要一一通知所有親友：「對不起啊婚禮取消了，因為我女兒離婚了。」

她老爸還打電話去高級飯店說：「抱歉，我們不能舉行婚禮，因為我女兒離婚了。」飯店回：「不好意思您取消日期太近，訂金不能退還，還要麻煩您將尾款付清。」

氣得小張爸爸對電話大吼：「我女兒都被毀婚了，你現在是要我全家去跳樓嗎?!」

這種人生大災難，我都稱之為：海嘯來了，空襲警報啟動！

找到放過自己的方式

根據我當防災中心主任多年——因為很多朋友的各種海嘯來了都很愛找我訴苦——根據我的經驗，失戀大概半年，那這種超級等

級的災難，還沒宴客就離婚……空襲警報大概至少都要一年起跳。

　　而且這種攸關到面子的海嘯，通常華人會是絕口不談的。從此以後會變成禁忌話題，就是隨棠面前不能提王心凌。

　　沒想到小張傷心兩週後，她突然——叮咚叮咚！

　　還沒宴客就離婚這件事情，換個角度想：人生這麼慘的事情都經歷了，那以後真的是沒啥好怕了欸～～

　　這件事情沒有變成禁忌話題，她反而很常拿出來講。

　　朋友失戀找小張哭訴：「阿我都離過婚了有啥好怕。」

　　朋友感情出問題找小張諮詢：「阿我都離過婚了有什麼好怕。」

　　工作面試沒上：「阿我婚都離過了有什麼好怕的？」

　　要去面試她一直夢寐以求的空服員，大家都應該要緊張，她就又說：「阿我都離過婚了有啥好怕？」

　　以後她若遇到任何困難，都覺得還好，因為她都還沒宴客就離婚了哈哈哈！

　　就是因為跟小張是好朋友，從此以後她變成我繆思，搞得我也

變成，舉凡遇到各種災難，就是立刻換個角度想，久而久之，我倆都變成自我安慰大王。

例如我的官方微博帳號——好啦其實我根本沒有認真在經營哈哈哈——有天被人發現被盜用了，上面都po一些莫名的東西，那位朋友轉告我的時候還挺凝重的，我回他：「天啊該開趴了，要夠紅才能被盜用啊！香檳幫我拿來！」

那人傻眼的說：「……妳的想法真的是有夠特殊。」

哈哈哈哈哈，不然呢，不紅誰盜用你啊！與其坐在那裡氣死，不如這樣想，我還比較開心啊～～

同一件事情換角度看，這明明是老梗，我自己寫出來也很害羞，但後來我發現，老梗大家都只是拿來喊口號而已，沒人會實地操作。

換個角度看的精髓在於：找到一個放過自己的方式。

根據我當防災中心主任這麼多年，老愛糾結、生氣鬱悶，讓自己很苦，都是自己無法放過自己好嗎？

那要如何換角度看？

第一，找到更苦的。

痛苦是該拿來被比較的。

有一次，我媽楊邱女坑我五萬（算準媽媽不會讀我寫的書）……好，我知道給媽媽花錢不算是坑，是孝順。讓我來解釋一下，被坑有兩種，一種是很快樂的被坑，像是很多男人被女人猛坑，香奈兒2.55跟boy狂買，女人根本不愛他，但男人還是很快樂。

另一種是不爽，假使你今天給媽媽一千拿去買菜買點好料煮給大家吃，但她拿去簽六合彩，全家今晚吃稀飯，你很不爽，那你這一千就算是被坑。舉凡掏錢的人心中有不爽，那這筆錢就是可以定義為被坑。

我這五萬就是這心情（但楊邱女沒有簽六合彩啦），我心情當下是挺堵爛鬱悶的，馬的我很想買YSL包包，一直沒買，也差不多就五萬啊！

但我立刻進入了痛苦比較流程。

　　我想到，我有一個女生朋友，她原本花錢都是很輕鬆愉快，東西絕對都要用有品牌的，衣服、包包、鞋子、皮夾，都要大品牌。她在我手機裡面的名字，我甚至輸入她叫某某V富翁。但自從她交了一個要她養的男友，我這某某富翁朋友現在站在夜市裡，居然會糾結要不要買50元的飲料來喝，因為她覺得超出預算！

　　為50元糾結，靠！我朋友才苦！喝杯飲料都要心中計算機敲啊敲，我50000多她三個零，我今天能有五萬被坑，我根本挺優秀的哈哈哈。我朋友林囉唆說：「我還沒有五萬給我媽坑欸～～」

　　說得也是，換個角度想，我根本是富翁，而且養媽媽比養男友好；男友會跑，媽媽不會跑，嗯，好我不鬱悶了。

　　差不多就是這樣的邏輯。找到一個比自己更苦的，當下就會覺得，自己也還好！但不是說要嘲笑別人的災難，不是這樣缺德的，是要跟別人的災難比較起來，讓自己好過點，沒有嘲笑，沒有！

　　但不見得是一定要用別人的苦，也可以設想自己的。例如，我有請我一個好朋友幫我做點小工作，講真的他做得挺爛的，但我還是有付費給他，也都很照顧他。

但沒想到他跟別人講，我一毛都沒給。一毛都沒給。

讓我姓王八名烏龜。

最吃鱉的是，我是給現金，我不是轉帳，我沒辦法丟帳本對帳，吃鱉的buffet！

朋友鳳姐罵我：「妳是紅包場還工地秀，妳居然包現金？」

朋友小張罵我：「妳是古人嗎給現金？到底怎樣會給現金？」

對我就是工頭或古人！我就是死無對證，丹妮婊姐改名王八烏龜。這發生在普通人身上，對朋友好還被反砍一刀，大家應該都會挺鬱悶的，或是在家氣到砸爛碗盤。

但我換個角度想，其實金額也還好，就幾萬而已，就此早點發現這朋友人格有問題，根本該開趴。

要是我以後紅遍全球，身價好幾億，他要從我這裡撈到的錢就不只是幾萬這種小錢了，他應該可以撈我個幾百萬。所以趁我還沒大紅大紫前早點發生也很好啦；花幾萬看清一個朋友很便宜的，很多演藝圈的人不都是發財之後，朋友都來借幾百萬千萬，然後消失在地球表面嗎？我這金額要拿去說嘴，大家應該都哈欠。

腦中建立調閱資料庫

第二，博學多聞。

為何要博學多聞？因為要遇到任何狀況的時候，腦袋能夠調閱資料庫出來比較狀況，安慰自己。

舉例來說，有時候我明明真的也沒有幹嘛，但網友就是會留言罵我。我曾經被罵過無恥、下流、智商比狗低、穿衣服有夠醜、妳媽媽知道妳在這裡寫廢話嗎？妳網頁一打開，全都業配文啊憑什麼說別人，根本不想看等等諸如此類的。

業配文我有檢討過，但我想說我明明每個月數量就是很固定那樣，從不增加，還老是減少，整月數量都是別人的一週欸哈哈哈。我問過朋友們，請他們老實跟我說，我是否業配文太多？他們都滿頭問號回我：「有嗎？」鳳姐還說：「喔妳回那人啊，對啊我賺這麼多錢一毛都沒付欸～～」

哈哈哈哈哈還順便再補我一刀。

我從來也沒跟亂罵我的人計較過或生氣過，但說實在這也不是

什麼值得開心的事情啦。不過每次被罵，我都會想到：哪個超級巨星沒被罵？瑪丹娜當年穿婚紗站在蛋糕上面，出場唱〈宛若處女〉，MTV電視台的電話被打到爆炸，全都是家長打電話進來大罵，說這什麼下流的東西?!

小賈斯丁IG帳號打開留言，下面很多隨便都是留：你這娘炮／你根本是女歌手～～

哈哈哈有夠惡毒！後來我又讀到一本書，心理醫生寫說：由衷感到幸福的人，是不會攻擊別人的，攻擊別人的人，都是心靈空虛扭曲，這種人很不幸的。

那換個角度想，那些留言亂攻擊我的，都很不幸啊。我根本毋須難過或生氣，還該同情他們好嗎？法國大革命衝進巴士底監獄的是誰？憤怒的人民啊。因為貴族很開心地在家吃下午茶調情，快樂得要命，衝監獄幹嘛？

所以博學多聞很重要，遇到空襲警報的時候，腦袋能調閱資料庫出來，讓自己換個角度想。要不是我飽讀詩書，還很懂歐美巨星所有八卦，仔細想想我根本博學多聞，沒有博學我就沒辦法換個角

度想，就可能會正中下懷大哭吧哈哈哈。那些亂罵人的人，應該都是希望看到被罵的人崩潰，不是嗎？

最後～～

小張這故事，我真的在各處講超多年、超多次，我部落格寫過臉書寫過、TED演講也講過，煩不煩啊！氣得有天我對她說：「很煩欸妳到底要消費我多久，妳不能發生新的事情嗎？」

3

這樣還笑得出來？
世界上沒有過不去的事了

　　我請朋友幫忙做一件事，明明有支付他費用，還持續照顧他。但他對外說我一毛都沒給。

　　此時，別人好心出面幫我澄清了，結果聽眾還不相信，說：「可是某某人說婊姐沒付錢啊。」

　　我真的就是直接去戶政事務所，跟櫃台說：「你好，我要改名王八烏龜。」哈哈哈哈哈。一般人對朋友好還被反咬一口，大家或許都會很生氣好一陣子，堵爛到炸。

　　我是也會生氣堵爛，傷心也是有，但就很短暫，因為我知道這樣完全無法化解這個生命中的爛事。

我朋友轉來一個網友的文章。他整天觀察我，從身材、五官、行為言語，甚至髮型都可以批評——喔不，是羞辱。問題是，我跟本不認識他啊！他說我身材五五比例……可惡，完全無法反駁，也無法改變這件事……天哪！我是不是該去死了算了?!

我曾經被網友罵過：「妳身材五五比。腿有夠短。」

我回他：「喔對啊，我都不能買喇叭褲，因為喇叭都會被改掉變直筒哈哈哈哈哈。」

遇到讓人難過不爽的事，自我解嘲是一個很好讓自己過關的方法。

遇到爛事還能笑，表示危機快要過去了

自我解嘲的方法，第一，依舊是，羞恥心週年慶。很多人就是無謂的羞恥心太多。才會成天遇到點不順就想燒炭又跳樓。

日本有幾個諧星，結婚後外遇，這兩位諧星是陣內智則跟矢口真里，這種事發生在華人演藝圈，尤其台灣，通常就是腰直接折到髮夾彎鞠躬，嘴巴親到小腿，對鏡頭念聲明稿道歉，然後開始避風

頭。如果本身是超級大咖，應該是能東山再起，不過這話題也會是超級禁忌。

　　在他們都外遇離婚後不久，我看日本綜藝節目，有看到這兩位。我想說這種事情不是要躲到深山約莫七七四十九個月嗎?!雖說我是不會因為外遇就把他們打入地獄，但我是滿驚訝的。日本民眾應該是在網路一片狂罵，再加上他們元配都還是大美女跟大帥哥，感覺會被轟到直接保送地獄。

　　我沒想到發生這樣的事情，他們居然還能短時間之內出來走跳？畢竟我一看到這兩位也是立刻想到：被抓姦。（配上江梅綺①的臉。）

　　主持人小淳在節目當中，故意動不動就開到外遇的玩笑，例如：「說到外遇的話，我們的外遇專……」

　　然後陣內智則跟矢口真里就會立刻站起來對鏡頭大鞠躬：「對不起，我不該外遇，造成不良的示範，真的很對不起～～」

---

① 江梅綺女人徵信：強調新一色女偵探的徵信社。老闆就是江梅綺。

　　然後全場大笑，我也大笑哈哈哈哈哈。而且整場節目狂開這個玩笑，他們兩個也都不會生氣，立刻跳起來鞠躬道歉，完全變成一個笑點！

　　看到他們這樣自我解嘲面對生命的低潮，呃，雖說是外遇被抓姦然後離婚啦，我知道有人會嗆：「這算哪門子低潮？」

　　很低潮好嗎？畢竟沒有一個外遇的人想被逮到，所以想必他們心情也很差，大眾又會罵，所以還是算低潮期。但看他們不是禁忌不談，是不斷自我解嘲。就我一個觀眾看來，他們是做錯事，但我也實在無法對他們生氣，他們自己都拿槍自我掃射了，你想想，要是有一個人拿槍對自己掃射，恐怖份子還會想射他嗎？

　　自我解嘲的意義在於，遇到再爛的狀況都還笑得出來，表示那件事情沒辦法把你搞垮；情況都這麼爛了還能笑，這個笑代表，你已經開始在化解這個危機，爛命一條，要不要隨你。

　　我在前面的文章提過，我請朋友幫忙做一件事，明明有支付他費用，還持續照顧那位朋友。但他對外說我一毛都沒給。

　　此時，別人好心出面幫我澄清了，結果聽眾還不相信，說：

「可是某某人說婊姐沒付錢啊。」（在此發誓我有付錢，不然我此生過氣一輩子。）

　　我真的就是直接去戶政事務所，跟櫃台說：「你好，我要改名王八烏龜。」哈哈哈哈哈。一般人對朋友好還被反咬一口，我猜大家或許都會很生氣好一陣子，堵爛到炸，或許傷心，或許糾結，甚至氣到翻臉。

　　我是也會生氣堵爛，傷心也是有，但就很短暫，因為我知道這樣完全無法化解這個生命中的爛事。

放錯重點就是讓自己苦

　　自我解嘲的方法，第二：邀請親朋好友一起來戳自己痛處。（這邊指的是用玩笑話的方式，不是惡意的。）

　　那陣子我舉凡買網拍還是註冊東西，要填姓名的時候，都會想說，我是不是該填王八烏龜啊，哈哈哈。那陣子剛好知道事情始末的朋友要寄東西給我，我直接說：「收件人請寫王八烏龜，郵差絕對不會搞錯的，就是我～～」

　　他說：「喔好，我收件人會寫王八烏龜。我要收妳超貴啊，反正妳賺錢都放口袋不付錢，我怕妳口袋太重。」

　　哈哈哈哈哈，朋友也非常盡力地嘲諷我。

　　我就是一直拿自己被朋友捅這件事情出來恥笑，笑著笑著，就被療癒了，根本也不想跟朋友翻臉。我甚至覺得，發生這件事情也很棒，現在用點小錢，讓我發現自己居然被朋友一舉推上王八烏龜那一桌，我還坐主位，要是以後發現得晚，金額幾十萬幾百萬幾千萬，我付給他的話，他說我沒付，那我真的是王八烏龜海龜綠蠵龜all kind of龜，還有什麼龜？對不起我龜的資料庫很少！

　　但也不是說一定要用自我解嘲的方式來化解自己的情緒啦，只要能化解，都是好方式，像是把對方打到還錢啊等等哈哈哈哈哈。對啊幹，錢給我還來！

　　我開玩笑的，重點是我自己的情緒要如何化解，而不是放在「無法改變的事實」上面。

　　很多人遇到難關的時候，老是放錯重點啊～～

　　再以愛情來舉例好了，不外乎都是被劈腿、對方提分手，或是愛上別人之類，苦主都是傷心又生氣，防災中心主任我本人常聽到苦主很愛嘶吼：「憑什麼他可以這樣對我?!我不接受！我不接受！我不接受！」然後開始無止盡的哭鬧，憤怒、痛苦、KI笑、低潮憂鬱等等等。例如我就見過蕭查某，她自己把男友甩了，男友沒多久後喜歡上別人，蕭查某就歇斯底里地開始大鬧，說我不接受我不接受我不接受！

　　我一天到晚聽到這幾句話，還可以套用到職場、朋友人際相處等等。這真的是放錯重點的第一步，重點不應該放在「無法改變的事實」上面。重點根本不是對方憑什麼，我也可以狂說憑什麼我朋友可以這樣對我，但難不成我一直吼這句，他就會召開記者會跟我道歉，或是把錢吐出來嗎？

　　很多人很愛歇斯底里地說我不接受，但這對「無法改變的事實」毫無幫助。到底在不接受什麼啊？我支持的政治人物沒選上，我喊不接受，他就會上嗎？車勝元結婚了我喊不接受，他就會離婚娶我嗎？

　　如果我那宴客前離婚的朋友小張，只會在那裡喊我不接受，她前夫就會娶她了嗎？放錯重點只會很難東山再起，小張把重點放回自己的情緒身上：我要怎麼樣化解我的傷心難過？

　　她就很盡情地自我解嘲。我跟小張去吃喜酒，一踏進婚禮會場，她就對整桌朋友宣布還沒宴客就離婚的鬧劇。對！在人家婚禮大聊自己離婚哈哈哈。小張現在就活很好啊，交到一個對她更好的男友，夢寐以求的空服員也考上了。

　　但也是有一種人可以狂喊我不接受啦，就是～～當人有發球權的時候，就有資格喊我不接受。

　　泰勒絲的IG被洗版罵蛇蠍女的時候，幾天後那些洗她版的罵人話，全部自動不見，IG總公司幫她整批刪除了。因為2015年泰勒絲賺了一億七千萬美金，她可以有全世界的每一顆球哈哈哈哈哈！她不接受被罵，所以叫IG幫她整批刪除！

　　人如果沒有發球權，對於無法改變的事實，就是只能接受，就算是大便都必須接受。

　　我不能改變我的朋友，小張不能自己穿婚紗去到前夫家按門鈴

叫他娶；男友愛上別人，也不能把他心臟挖出來設定成喜歡自己吧。日本兩位諧星也不能穿上褲子說我沒外遇──靠不對，我每次看到新聞被抓姦的男人，都會對法官說他們在摩鐵裡面脫衣服談公事而已，沒有外遇。到底說謊可不可以展現一點品味?!真的是一點藝術開創性都沒有。

　　自我解嘲，就是隨時隨地拿一把槍指著自己太陽穴，對自己開槍，自己嘲笑自己，再怎麼難笑的，根據我的經驗，笑久了也真的是挺好笑的。當對生命當中的任何bullshit，bullshit的人、bullshit的事、bullshit的物都能笑得出來， 安啦，這個shit遲早會被你沖下馬桶的。

4

要擁有真正的自信，必須努力改變到讓羞辱你的人 gay 惦惦

　　我個人曾經也覺得我長得實在是很醜，也不是我覺得，應該是大家都會這麼覺得。皮膚痘痘趴踢，灰灰的很像老鼠皮；身材很瘦但長痘痘，至少還有瘦，靠我還胖，是個胖痘痘妹。

　　所以我就減肥，臉去做了一系列微整形，把皮膚一路治療保養醫美到閃閃動人。有一次我吃喜酒，一個不認識的同桌男子突然對我說：「欸，妳皮膚怎麼這麼好啊！」後來在情場，也是會有人追著我跑啊哈哈哈，不再是板凳球員。

　　嗯哼，自信被重建啊！

　　如果把「該如何有自信」，類似這樣的字句輸入Google，會出來不少文章。我自己閱讀了幾篇，同時也挑了幾篇丟給幾個朋友看。朋友都回我：「好長喔～～什麼啊，看三行就不想看～～」類似這樣的回答。

　　好好好，巨星是汪洋中的一條小船，沒人可以討論。但害我這篇文章寫得膽戰心驚，因為實在很容易變得令人睡死啊哈哈哈！

　　我仔細閱讀過後，這些文章其中有些字句是言之有物，挺有道理的。筆者也都是一番好意，畢竟茫茫眾生當中，很多人苦於沒有自信，各方面都是，外表、身分、感情、人際關係、薪水等等等等，講不完。以愛情來說，如果遇到沒自信的，兩性專家通常會說：「親愛的你很棒，你要有自信，你值得更好的。」

　　或是胖女孩會被稱讚：「這樣也很可愛，胖也有胖的美，要有自信！」

　　或是「每個人都是上帝獨一無二的作品，沒人跟你一樣，你可是先打敗成千上萬的精蟲，才能來到這世上。要先相信自己，不是因為來自別人給自己的肯定。」等等諸如此類的台詞。

這樣的鼓勵說詞是沒錯，但沒自信是先天加後天環境雙重管道造成的，以這樣的說詞，就要讓人變有自信，也太強人所難了吧。看完兩秒就忘記啊，繼續沒自信。而且打敗成千上萬的精蟲，我是不知道精蟲一泡到底有幾隻，但生下來之後，誰知道還有全台2300萬的人要打欸，還有大陸13億人口欸哈哈哈。生下來才是累人的開始好嗎！這些說詞都沒有不好與不對，只是，就是小成藥，糖尿病吃小成藥會康復嗎？

找出沒自信的理由加以改變

基本上所有開導沒自信的人、諮商師還是作家等等，都是要苦主回推到自己：要相信自己，不是期待別人給予。這是正確的，但只做到了一半。

例如，曾經有一個表妹問我：

我胸部太小、肚子還很大！就是一個荷包蛋，躺下來就更沒了，很不敢交男友。我曾交往過男朋友，我想他們多少都會在意……應該沒想到衣服脫掉是這樣，也被劈腿過。我想知道，真的

有男人不在意胸部大小嗎？如果在不動刀的前提下，我要怎麼變得有自信呢？

以這例子來說，苦主是自己沒自信，因為她沒有明確寫出，哪個男朋友嫌棄她奶子小就去劈腿一個大奶媽。但是～～哪個女嬰兒剛出生的時候就立志要當大奶媽啊！也沒有一個男嬰兒一生下來就立志要當大鵰男啊，全都是先吵著要喝奶而已啊哈哈哈。

人類的一切沒自信來源，絕大部分是因為社會的價值觀，或是他人的價值觀造成的，以奶來舉例，絕大多數的媒體一直吹捧大奶有多性感之類，很多男人也都展現對大奶媽的飢渴。

所以沒自信這一點的確必須先回到自身來思考，仔細找出沒自信的理由。

例如：我就見過一個女生，她男友實在是又窮又醜又雞歪，還不娶。這女生是對男友頗有微詞，但也不肯分手，因為她沒有自信能找到下一個男友！

遇到這種情況，要仔細想想，到底女生為何沒有自信能再找到

下一個男友？是自己外表哪裡不好？還是工作太忙？還是？

　　想出來之後，下一步不是「登登～～我找到囉！因為我胸部小，所以我從今天開始要有自信了！小奶妹就像姬賽兒‧邦倩一樣，根本超模！」

　　這中間真的省掉太多步驟了！台灣是要怎樣直達冰島?!都需要轉機好嗎！建立自信是沒有直飛的好嗎！

　　還有一個更重要的步驟，就是：你要怎樣改變，達到怎樣的成果（或成就），才能讓「自己」或「曾經羞辱過你」的人，gay惦惦，從此敬禮？（包括曾經羞辱過你的親戚、朋友、前男友、前女友、同事、主管、老闆、同學等等等。）

　　以美國超級名媛金‧卡黛珊一家為例。

　　金‧卡黛珊以她霹靂火辣的身材跟美貌紅遍歐美（好啦當然也有她的性愛影片）。不認識她的可以Google照片，就是霹靂。卡戴珊家族是以實境秀聞名的，每天，他們所有的生活都要被拍，就像電影《楚門的世界》。他們家族就是大富翁本人，所以來往的都會是富翁，她身處一個非常非常追求外表、看重外表的世界。

　　這家族其中有兩個小妹妹，肯黛兒‧珍娜跟凱莉‧珍娜（跟金‧卡戴珊同母異父之類的所以姓氏不同）。這兩姐妹花，肯黛兒身材纖瘦高䠷，長得很漂亮，但偏偏那個凱莉‧珍娜，就是，工廠品管沒管理好，QC沒Q好，歪腰了；不但比較矮，臉還長得很普通，滿像巴斯光年的，因為厚道❶。

　　哇靠，她壓力可大了。她整個家族的姐妹都光鮮亮麗，金‧卡黛珊霹靂身材外加美麗臉蛋，肯黛兒那張臉甜到螞蟻都會來，身材又是模特兒等級，也真的去當超模了，她這巴斯光年該怎麼辦？

　　你們可以去Google「kylie jenner before」這幾個英文字，很明確看到她早年照片都笑得很害羞，眼神就是比較羞澀。有沒有自信，從眼睛可以一眼看穿，以前她就是一個沒自信的少女。

　　有一天，她做出一個正確性極度高的決定，高到她當總統，柬埔寨應該都能變強國哈哈哈；她去整臉、整形，連身體都整了。

　　她的醫生真的是上帝下凡，幫她打造了一組全新、迥然不同的超級性感五官！她連屁股都直接整大整翹！巴斯光年變成茉莉公主！辣到令人烙賽吧哈哈哈哈哈（歐美人喜歡大屁股女生）。這五

官的轉變，海關絕對不會讓她過！她過世以後，閻羅王派人抓她，都會抓不到啊哈哈哈，根本長不一樣！

　　然後你就可以看到她從此以後拍照，四個字，靈魂抽換。那眼神完全不同，我肯定以前外國媒體跟網友一定評論過她長相不比姊姊。因為確實也是這樣，大家一定都會說：「哇！姊姊真美，大姐也很美～～但小妹怎麼……」

　　她眼神就是從那樣的沒自信，變成：I don't give a fuck. 我‧超‧火‧辣！

　　靈魂徹底被抽換！趕快去Google，就知道我完完全全沒在唬爛。她整形之後，從此爆炸性紅，不可思議地紅。而且因為她連嘴唇都直接整形成安潔莉納裘莉，紅到直接出一系列唇彩，每次上架都被秒殺，我遠在台灣一支都搶不到哈哈哈。

　　她自信怎麼來的，當然是靠整形，但更深層的意義是：她改變了自己，達到了變超漂亮的成果，讓她自己跟曾經羞辱過她的任何

---

❶ 厚道：一般寫成「厚斗」。台語，意指下巴部位較為突出。

人（想必她對這成果很滿意，所以要把自己也算進去），全都畢恭畢敬gay惦惦！

　　但至於要改變成怎麼樣，不只是外表，譬如成就、職業，還是收入等等，標準因人而異，我這裡是以外表來舉例而已。

自信要自己跟他人一起建構

　　一定要去改變，才可能有自信，自信哪會憑空出現啊。因為我說過很多次，道理大家都懂，大家都知道要有自信，但道理是拿來分享在臉書跟喊口號用的，做不到啊哈哈哈哈哈。

　　我個人曾經也覺得我長得實在是很醜，也不是我覺得，應該是大家都會這麼覺得。皮膚痘痘趴踢，灰灰的很像老鼠皮；身材瘦但長痘痘，至少還有瘦，靠，我還胖，是個胖痘痘妹。

　　學生時期到出社會，沒人誇過我漂亮，也沒有學長會到教室來送東西給我。以前班上漂亮的女生，都會有學長來教室送東西。

　　所以我就減肥啊，臉部去做了一系列微整形，我把皮膚一路治療保養醫美到閃閃動人。有一次參加喜宴，一個不認識的同桌男子

突然對我說：「欸，妳皮膚怎麼這麼好啊！」後來在情場，也是會有人追著我跑啊哈哈哈，不再是板凳球員。

嗯哼，自信被重建啊！

那如果以剛剛那苦主的案例，她說她無法接受隆乳，那要怎麼變得有自信呢？

那就是要有其他優於奶的條件，腿夠美也是能讓男人喜歡啦。也不一定是腿，臉蛋、身材，還是頭腦、個性都可以，哪一個超模不是小奶，但她們走在伸展台上也是「老娘最火辣」的態度。既然不肯隆乳，那就減肥把肚子變小。超模不都這樣，奶肚一線可以打保齡球，沒有分別，照樣讓男人勃起～～而且世界上所有好看火辣性感的胸罩，全都是做給荷包蛋穿的啦！

如果針對沒自信的地方沒辦法（或不願意）做改變，那就只能從別處下手，補足自己沒自信的來源。

只有努力改變到「讓自己或曾經羞辱過你的人閉嘴gay惦惦」，自信才會來。很多人會覺得，自己那關過了就好，有信心就好了，不需要為別人做改變，為別人改變，很不值得等等等。

　　但我覺得這樣的說法很不完整，還很有可能害死人哈哈哈。以前我在美國時胖到70公斤，所有美國同事都說妳很瘦啦妳這麼瘦，講真的，我也覺得我不胖啊，一堆黑人追我欸，我超有自信。但我一回到台灣，就是從黑人女神變成產後婦女，自信被恐怖攻擊，全毀啊～～因為台灣的社會價值觀，男人不會喜歡70公斤的胖妹，連件褲子都買不到啊！服飾廠商都不管70公斤胖妹死活。要是我完全不在乎外界眼光，自認為老娘就是70女神，戀愛之路應該會很難走。

　　所以自信的建構，我一直強調，是要自己跟他人一起建構，缺一不可。如果只有自己，那就會變成自信過頭，太有自信很令旁人苦惱欸，要是我70公斤還穿比基尼搔首弄姿成天上傳社群軟體，寫：「天啊我怎麼這麼美～～」旁人不苦惱嗎？

　　但要是成天只在意別人看法，完全沒有自己的靈魂，這樣也會被弄到跳樓。所以我一直強調，自信是要自己跟他人一起建構，至於比例如何，我不知道，不要問這麼細，抓個黃金比例就對了。

　　但一直舉外表的例子也太偏頗，再舉一個例子好了。我剛出社會的時候第一份工作22K，扣稅後才21多，我真的是窮光蛋，完全

可以不用怕提款卡存摺掉在路上，因為裡面都沒錢啊哈哈哈。掉了就掉了，管他去死不用補辦。當時我主管問我，過年包給爸媽多少錢，我當時好像是回答：「一兩千。」（年代太久遠了，但應該是這數字。）

我主管聽到後噗哧一笑，鄙視地說：「妳也包太少了吧！」

靠，我薪水就21多而已，我當時還因為金融海嘯，才剛失業一年多，完全沒存款，真的只有爛命一條。他出社會這麼久，當然薪水存款比我多得多。

但多年後，巨星現在經濟狀況已經大有轉變，我包的數字當然遠比那一兩千多了，我應該要打給這主管說：「欸老娘現在有能力包多一個零，還能送我媽出國玩！」

喔但完全沒聯絡了，連他臉書叫啥都不知道哈哈哈，無從講起！但我意思是，只有改變才能有自信，要是我現在還是21K，包太少這件事情被羞辱而自信毀滅，是無法被重建的。

各位加油，一起努力改變自己，成為有自信的LED發光大燈泡吧。

5

遇到重大挑戰就正面迎擊，
不要再當可是王

　　當初台灣迪士尼來邀請我去美國採訪《海底總動員2》的
導演，我最大恐懼就是～～神啊我需要去報名何嘉仁美語哈哈
哈哈哈。

　　當時每個人都在旁邊風涼話，我根本沒空被冷死，我行
前做了很長時間的準備功課，全英文的電影資料我就是用高中
考念英文的方式查單字啊。連《海底總動員1》海底總動員1我
都挖出來複習看了兩次。採訪的英文訪綱我反反覆覆朗讀。到
採訪的前一晚，我還是在不停地修改採訪的資料跟複習英文，
跟天借膽之餘還是要付出努力，有勇還是要有謀的。

人生在世難免遇到煩惱跟問題，一般人遇到，普遍分成以下三種應對方式：

1. 明知有問題，還知道解決方案，但又不願意解決、成天只會抱怨。
2. 知道有問題，想試試看解決，但不知道怎麼做。
3. 知道有問題，自己積極去解決。

根據我的總編輯說，我們是別想賺到1跟3讀者的錢，我們必須針對2。嗯，說得沒錯。那麼，如果你是第二類的人就請往下看。遇到困難／問題／煩惱，到底該怎做？

再說可是，就先賞自己兩巴掌

首先，不要再當可是王。

以我朋友為例。我有個朋友身體受疾病所苦，他很苦惱，很憂鬱自己沒有健康的身體。很遺憾的是他一直都沒有康復，持續很多很多年，還爛上加爛。一問，靠，都沒按時吃藥，健保浪費大戶，

飲食規則也沒遵守，難怪不會好。我就問他：「那為何你不按時吃藥？」

他說：「喔可是我一忙就忘記～～」

靠！全天下手機鬧鐘都壞掉不能定時嗎？不能早上九點立刻大叫提醒該吃藥嗎？當年NOKIA 3310都能設鬧鐘了，現在智慧型手機辦不到？

我繼續問：「那你怎沒按照規則吃？」

他說：「可是我很喜歡吃甜食……」

這就是，可是王。太多人後面很多「可是」了，可是王注定人生活在苦敗之中，因為「可是」就等於藉口。

可是現在好熱我不想運動……

可是我一看書就想睡……

可是我爬不起來……

為何地球上還是很多人能活出自己想要的生活？因為那些人就是沒有「可是」的人！如同我本人，我就是一個沒有「可是」的人！我連長一顆痘子都能看三間皮膚科醫生！沒有什麼「可是醫院

丹妮婊姐
人生哪來那麼多 **可是**

很遠」、「可是我沒時間」。對，我健保浪費大戶我王八烏龜！因為我就是想要皮膚健康！

痘痘例子太爛的話，如果瑪丹娜當初要有一個「可是」，隨便一個，例如：「可是我搬去紐約之後沒錢怎辦？」那她今天就是在老家繼續賣甜甜圈。

「可是」就是藉口，下次你想做什麼事情之前，心中冒出「可是」，那就是先賞自己兩巴掌好了。

迪士尼邀請我到美國採訪《海底總動員2》製作團隊，當我決定要或不要的時候，心中沒有「可是我英文不好怎辦」這個選項。英文不好，就是以考狀元的姿態苦讀啊不然怎辦！

採訪的時候，沒想到導演跟製片兩人都是聊天機器，一題都回答超～～長，我有些地方聽不懂啊哈哈哈。怎麼辦？我坐在那裡採訪的時候內心哀嚎，誰能幫我上中文字幕啊啊啊啊啊～～

這種時候真的是連「可是」的時間都沒有，老天不讓我當可是王。

我只好一不懂就一臉微笑地說：

"Oh..."

"Yeah!"

"Hahahaha..."

"Really?"

"Wow!"

再來，是跟天借膽。

這跟我們整個文化背景「儒家文化」有很大關係。儒家的定義
裡面：秉持中道的人，對於未知的事物抱有恐懼，小心翼翼，唯恐
偏離了中。

seeeeee，對未知的事物抱有恐懼，還唯恐偏離了中，到底多恐
懼。這是我們從小到大被教導的，偏偏我們是儒家文化本營。那為
何我比較少恐懼呢？

喔，因為我，超討厭孔子哈哈哈哈哈。他的話我大部分當放屁
啊。在此先跟孔子鐵粉道歉，我從國中開始就恨國文，我國文就是
一路考很爛。

　　再來是，因為我改信基督教了啊哈哈哈，基督教都告訴你只要信神，神都會幫你搞定的。聽起來很棒，都沒恐嚇我啊。怎辦，我這樣聽起來很像瘋狂基督徒在傳教，但我只是說實話。

　　如果有人問我，為何不太恐懼自己做不到？我答案真的是以上。但大家明明知道答案是不要恐懼了，但還是沒辦法，還是恐懼，為什麼？

　　因為華人的恐懼是被教出來的，連爸媽跟朋友都會教你恐懼。很多人想要做些不一樣的事，例如，你跟爸媽說想要專心畫畫，去皮克斯當動畫師。當下如果爸媽當下在玩射飛鏢，應該會立刻超準地射到你眉心說：「不要做夢了！去給我考公務員！畫畫？餓死好嗎?!」

　　像我當初要離職專心當巨星婊姐的時候，是經過很長的深思熟慮，內心天秤在那裡量一萬次，但朋友聽到也是一臉懷疑的說：「妳這樣不太好吧？妳工作很不錯欸～～薪水也很穩定啊～～」（其中部分的人還有些不屑。）

找出恐懼來源並克服它

那麼，面對父母跟周遭的人告訴我們「應該恐懼」，該如何面對呢？

喔，把他們話都當放屁啊哈哈哈哈哈。但不是說要把每一句話都當放屁！這樣就會變成一個泡泡很大、剛愎自用的白癡。要自己去分類到底哪句話是屁，哪句話是有用的。

要怎麼分辨呢？

只能自己用腦啊。以前皇上不也要聽一堆老臣的各種建議，聽對了國家就強大，聽錯了國家就被攻破，皇帝被幹掉，，。

我比較不恐懼（不是完全不恐懼），這背後其實還有一個很重要的原因，就是我爸光重先生。他是在旅行社工作，在我很小的時候，也就是20幾年前，他同事幾個人約他一起出去創業開旅行社，光重覺得當時工作薪水很穩定，很能養活我們全家，可是萬一出去做生意失敗怎辦？全家不就完蛋了？

光重就是當年沒跟天借膽，他這一個恐懼，讓我錯過了當雄獅

旅行社千金的機會哈哈哈哈哈，不然我現在蹲在這寫書幹嘛！版稅才多少?!我要成天吃喝玩樂出國買名牌炫富好嗎？我要當台灣金·卡黛珊！因為我爸就會是旅行社老董！誰跟你在那做成天趕暑假作業的華文女作家或女主持人。

這故事徹底震撼我跟我妹琵琶。老爸沒讓我倆當成千金，導致我們姐妹倆就是很少在害怕事情了哈哈哈，因為如果我這輩子要當千金本人，我沒資格恐懼，我就是不停跟老天貸款膽量。

最後，如果還是恐懼，就是找出恐懼的來源，去做準備。怎辦，前面兩項都很有創意，但這一點有夠平庸哈哈哈。

以皮克斯這件事情的例子來說，當初台灣迪士尼來邀請我去美國採訪《海底總動員2》的導演，我最大恐懼就是～～「神啊！我需要去報名何嘉仁美語。」哈哈哈，誰叫我自己放話目標當華人巨星撈錢就好，所以英文已經荒廢多年，反正我用不到啊～～我掌嘴。

所以，當每個人都在旁邊風涼話，真的很涼，約莫冷氣開零

度，說：「哇！妳真爽欸，可以去皮克斯採訪～～」

　　我根本沒空被冷死，當然不是說「喔，好，老娘就這樣躺著去皮克斯採訪」好嗎！

　　我行前做了很長時間的準備功課，全英文的電影資料我就是用高中考念英文的方式查單字，還要用0.38的筆寫中文註解，因為句子都很擠哈哈哈。有夠懷念的。連《海底總動員1》我都挖出來複習看了兩次，採訪的英文訪綱我反反覆覆朗讀。到美國的時候，採訪的前一晚，我還是在不停地修改採訪的資料跟複習英文，跟天借膽之餘還是要付出努力，有勇還是要有謀的。

　　怕自己忘記早上九點要吃藥，那就是手機設鬧鐘從八點四十五分一路大叫到九點，碧昂絲的〈Ring the Alarm〉非常適合，因為前奏就是空襲警報的聲音。

　　怕自己跟心儀網友見面的時候被嫌胖，那就是開始以海豹部隊的特訓方式減肥呀。

　　怕自己採訪導演英文講得不順，那就是每天不停朗讀英文題目，直到可以像阿姆❶一樣用Rap的速度唸完題目。

認真恐懼而不做準備，就是活該恐懼至死好了。事情根本不可能被解決。如果你有認識誰坐在那認真恐懼然後就成功的話，那務必告訴我他信什麼宗教好了哈哈哈。

---

1 阿姆（Eminem）：本名馬修·布魯斯·馬瑟斯三世（Marshall Bruce Mathers III），美國知名饒舌歌手。

6

為了躺著數錢，
就算是陰屍路也要跪著走完

　　我雖然訂定60歲就入土的人生夢想，但這實在是很難掌控，所以我必須把夢想修正成「人生躺著也能數錢」，這樣才能確保萬一我不幸活太久，晚年也能夠安然無虞。

　　為了這終極夢想跟目標，我必須做一系列的付出；我必須在鏡頭前面呈現美好的體態；我必須做很苦的重訓，還要跑步或游泳，運動受傷之後得去給中醫放血扎針。此外，還必須承受網友無情或莫名的謾罵跟批評……這只是萬分之一我付出的代價，這裡我也沒必要全部敘述完畢，不需要討拍。哪個工作不辛苦。為了目標跟夢想，踏上陰屍路很正常啊！

　　曾經有表弟或表妹寫信問過我，他很想考上國外的學校還是什麼特定的學系，但他無法念書，念不下去，問我該怎辦。問我這問題的還不只一個。還有人曾經問過我，他想叱吒職場，當個業界強人，該怎麼做。但他——都在家不去上班還很多年了，因為在家很舒服，想到要找工作就懶。

　　這些人的問題都是有了目標或夢想，但沒有動力去執行。

　　有一本很有名的書，是Peter Su寫的，叫《夢想這條路踏上了，跪著也要走完。》但我發現很多問我關於夢想問題的人，怎麼連膝蓋都不彎就問我該怎辦，把我逼死了；很像是月薪22K的人在煩惱問我要怎樣逃漏稅。等日薪22K美金再來問啦！

　　瑪莉亞・凱莉曾經說過一段話，大意是：「我要爬到今天這位子有多辛苦，我要點大牌也是應得的。為什麼媒體老是愛指責我耍大牌？」

　　哈哈哈哈哈，我不是在宣導耍大牌，是代表，你必須付出辛苦，才能享受耍大牌的樂趣，不，是才能享受達到目標的快樂。

　　基本上，天上不會掉下來一棟大別墅。

你有多想要，就會有多努力

心中有夢想的人就分兩種，第一種就是：愛談夢想，但膝蓋沒跪。等著天上掉下大別墅，沒等到掉下來很糾結。

第二種是沒有坐在那等別墅掉下來，已經跪了但膝蓋廢了。這種案主糾結的地方在於，不知道終點還有多遠。這種需要被加油打氣，是很能理解的。

現在針對第一種，因為很多來信的人都是第一種，他們有夢想跟目標，但沒動力去執行，問我該怎辦。

這很簡單欸，就看你有多想要啊。我知道他們會回答：我真的很想要考上那間學校啊／我真的很想（自行填入任何夢想目標），只是我沒有動力念書。

就是不夠想要。是想要，但沒有到極度超級非常一定要這樣。舉例來說，假使你想大便，有些大便就是，可以忍的那種，就有點想那樣；如果當下正在外面或是正在忙，那就是可以忍到有廁所的地方。但如果你想烙賽，那就不一樣了。就算你在高速公路上，

你都會在車上拿個塑膠袋大在裡面（我朋友真的這樣幹過……）我寫這篇的當下，前一天，我在車上就雷神降臨，不幸肚子裡面有陣頭。我原本要去信義區悠閒逛街，我靠，立刻跟司機改我要去的地方，改去最近的爛百貨公司，一下車屁股夾到連細菌都無法通過的緊，衝到廁所！我抵達廁所的時候，連馬桶蓋都沒擦直接坐下大烙賽，我真的連一秒都不能晚！我已經要烙在褲子上，這時候廁所再髒我都上，要是給我一個糞坑，我也上。就是這樣的渴望。

　　所以「沒有動力去執行」的解答，就是看你有多想要啊！如果你今天真的很想非常極度一定要考上那間學校，那應該是不會寫信來問我沒動力念書怎辦，因為根本沒空看丹妮婊姐哈哈哈。手機摔爛直到考完才能拿出來滑，每天早上七點就定位念書，一路念到半夜一點，參考書每一面每一題都寫。

　　任何目標跟夢想邏輯是一樣的，不去做，說穿了只是因為沒有很渴望而已，懶惰也是其中一個原因。但懶惰是一種個性的原貌，叫懶惰的人變勤勞去實踐目標跟夢想，很像是叫佛地魔拯救地球當甘道夫。或是叫浩克不要生氣跟《魔戒》精靈女王一樣靜坐在那

裡，根本不可能。

佛地魔天生雞歪愛殺人，這是個性的原貌，你把他丟去跟佛祖本人相處，他還是想要殺一堆魔法師。個性的原貌很難修正，也不太需要修正啦，就堂堂正正地當個懶惰鬼啊哈哈哈。這就是為何不探討懶惰這件事情。

但渴望這就並非個性的原貌，極度渴望的話誰擋得住啊，括約肌都擋不住要噴出來的大便啊～～衝啊！

全世界多數人都跟你一起被體罰

也曾經有表妹問我：如果很缺一大筆錢來完成夢想，又無法接受販賣美色，婊姐用什麼辦法生出這筆錢？

怎麼聽起來還不錯，至少還有美色，那沒有美色的怎麼辦，跳樓燒炭嗎？不管怎樣，這類型問題的重點，都要回歸到：你願意為你的終極目標付出多少代價？膝蓋跪到多爛？

這代價包括時間金錢精神或身體健康等等。以我本人來說，因為我顧慮到我家好像有長壽基因，我阿公活到102才歸西，他躺在

床上的時候跟我抱怨：「活太久了啦，好累～～」

　　搞得我很害怕，我雖然訂定60歲就入土的人生夢想，但這實在是很難掌控哈哈哈，所以我必須把夢想修正成「人生躺著也能數錢」，這樣才能確保萬一我不幸活太久，晚年也能夠安然無虞。

　　為了這終極夢想跟目標，我必須做一系列的付出，但我沒有在抱怨討拍，只是闡述事實。因為我很了解要達成夢想或目標，等價交換是非常基本的，或是賠錢交換。

　　既然我要躺著也能數錢來迎接我萬一活太久的晚年，那我無論如何都至少要紅25年左右，所以我必須在鏡頭前面呈現美好的體態，美好體態成為我人生目標之一，也是職業道德之一。

　　我必須做很苦的重訓，還要跑步或游泳。我真的很恨跑步，我以前學生時代，跑八百公尺每學期都全班最後一名哈哈哈。我就很喘！我吸不到氣，我需要跟籃球一樣大的鼻孔。

　　而且我其實天生並不太適合重訓的某些動作。我明明做正確了，別人做都沒事，但只有我卻一直造成肩頸的傷害，我頭會很痛很暈，這也跟我工作型態常常睡眠不足跟壓力大也有關係。搞得我

必須定期看中醫刮痧，到後來太嚴重，還必須放血，才能緩解我身體的不適。每次我的中醫師拿針狂插我的背時，都會大喊：「岳飛精忠報國～～」我放出的血量真的可以做成人血糕，煮好幾頓火鍋來吃哈哈哈哈哈。當然，我的工作性質，還必須承受網友無情或莫名的謾罵跟批評。例如有次我因為蛀牙很痛、醫療費用又高，很令人崩潰跟鬱悶，所以寫了一篇自我解嘲、自己罵自己的文章，也還要被罵。有網友罵我：「人家美國加州看牙更貴！」或是：「妳該死妳肯定沒洗牙沒看牙醫，請妳尊重牙醫。」

　　哈哈哈哈哈我就住在台灣繳台灣健保，加州的福利我是有享用過任何一項嗎？我有洗牙，但牙齒沒痛到底幹嘛找醫生啊，尿尿沒痛到底為何要掛號 尿科？只因為我蛀牙就大罵我沒洗牙，我有洗牙啊，難道要因為有個男人一次性的陽痿，就要罵他平常不吃壯陽藥？

　　這只是萬分之一我付出的代價，在這裡我也沒必要全部敘述完畢，不需要討拍啊，哪個工作不辛苦。為了目標跟夢想，踏上陰屍路很正常。嗯，對，是陰屍路，因為通常夢想跟目標不是會太輕鬆

達成的。

我剛剛前面說，基本上天上不會掉下大別墅，是基本上，但實際上還是有時候會掉啦哈哈。還是有一部分人不需要辛苦付出，膝蓋不用彎，天上就會掉下大別墅，夢想之路躺著到終點。

例如美國金‧卡黛珊家族，小妹凱莉‧珍娜18歲生日禮物是收到男友送的法拉利跑車啊；19歲生日跟一票姊妹淘搭私人飛機去海島度假；歐美夯模Cara或Gigi出道第一天輕鬆當上一線模特兒，完全不用參加超級名模生死鬥，也不用從小模熬起，因為爸媽都很罩啊，Cara父母跟歐美最大模特兒公司老闆，本來就是好朋友啊哈哈哈。

他們就是富二代，請把富二代從為了夢想要付出代價這桌撤除。或是命格本身上輩子陰德積到破表，直接買通上帝，不太用為夢想付出代價，像小賈斯丁，第一張專輯就大紅一直到現在。

我知道很多人聽到會大吼不公平，很堵爛，不過～～這遊戲規則是上帝訂的，這部分我是無解。因為我也沒在富二代那桌跟買通上帝那桌啊哈哈哈。

　　但值得欣慰的是，全球最富有的1%人口所掌握的財富，超越了其他99%的資產總和，依照比例原則來說，每一百個人，應該是還有99個人需要跟自己一樣把膝蓋打斷，跪下來走夢想之路啦。一人被體罰，跟幾乎全班一起被體罰，當然是後者讓人欣慰很多，所以全球大多數的人都一起被體罰了，不要擔心。

　　你只要想著，絕大多數的人，都差不多跪著踏上陰屍路，心情就能平復一點了。希望你們都能有達成目標跟夢想的動力，躺著只會在原地囉。

丹妮婊姐，為什麼妳好像總是很開心？

很多表弟妹來問我各種煩惱要怎麼解決，我看到問題列表，有時候都會扶心臟，我真的太驚訝，因為那些問題從來都不在我煩惱的領土裡面，就很像土著看到手機那樣驚奇，從來就沒想像過世界上會有這樣的東西。

每一封來信，我都會非常非常認真地思考解決方式，但在構思解決方法的時候，我反而才想問苦主本人：「你們怎麼會花時間在煩惱這些呢？」而且很多時候，問的人都有答案了，答案寫在問題裡面哈哈哈哈哈。我這丹神父完全沒用啊！

也會有人問我：「婊姐，為什麼妳好像總是很開心？」

呃，我也是會有煩惱。我煩惱也很多好嗎？舉例來說，出來混就是會遭受到恐怖攻擊，不管幹嘛，就是一定會有人要看你不爽。我曾經發個韓劇二百五心得，也會有人留言罵我哈哈哈。就算今天做公益，都還

會有人留言罵妳矯情。

沒有人喜歡被罵的。

不少網路紅人，都會一直說自己不在意被罵，把正面思考當招牌，不要在意別人的想法要有被討厭的勇氣，你討厭我我更討厭你等等諸如此類。

結果人家留言說他一句（搞不好還不是罵，只是說），就立刻發長文對粉絲開記者會還是開直播，強調自己多麼不在意別人的批評，還會用謝謝罵他們的人做結尾。

為何我不發這樣的東西在我的粉絲團，我明明就是會被罵的～～

喔因為我根本忙到連發這種不在意別人批評文的時間都沒有哈哈哈哈哈。我真的忙壞了！我丹台銘！我要寫文章要寫書要主持要拍影片要回留言要回mail要運動要看劇要看書要跟朋友出去還要打掃家裡，幹，我不是不在意被罵或是不煩惱，是我根本只能在意0.5秒，煩惱0.5秒，這樣共一秒，我就要繼續忙下一件事情了。我根本連開記者會的時間都沒有哈哈哈！

　　有一次我有一個朋友，就叫她假民主天后。我記得她幹了一些事情讓我們同一群朋友的某些人很堵爛，後來有天我跟別的朋友白雪聊到這件事情，我要完整講這堵爛的故事，我說：「喔她當時就⋯⋯放鴿子啊⋯⋯（詞窮）」

　　當時這場合旁邊有一個當事人之一，叫小林，小林在旁邊說：「吼！故事不只是這樣好嗎？是⋯⋯」（開始長達五分鐘的還原現場。）

　　我一聽完，心想：天啊，怎麼這麼雞歪啊，原來故事這麼長！妳也記得太清楚了吧！

　　我明明是當事人之一，但我居然忘光光哈哈哈哈哈。我只記得假民主天后很雞歪，但連怎樣雞歪，我都忘光，只記得一個微小的片段哈哈。《海底總動員2》派我去皮克斯採訪，的確實至名歸好嗎！最佳Dory代言人根本是我。為何Dory成天好像很開心？因為她什麼都忘光，連煩惱都記不太住～～

　　嗯哼，我看起來是比較快樂的，不是因為我正面能量又樂觀，只

是因為我就是如此的郭台銘忙跟Dory健忘，導致我煩惱的數量，比一般人少很多。但還是有煩惱，只是大家的量是大潤發，我可能只是7-ELEVEN這樣，這就是為何我一直強調要找事情來做，或是每天早上五點河濱公園10K，這樣煩惱的數量就會銳減。

因為樂觀悲觀這根本就如同DNA一樣，實在是很難改變，誰不知道做人要樂觀一點啊？誰不知道要正面能量啊，靠！就是做不到啊，腦袋就被憂憂 ❶ 掌控舞台啊。

道理大家都知道，只是全都做不到。太好了總算有押韻了，我華文暢銷女作家有點樣子了。所以我一直在尋找，正規道理以外的答案。

像我本身暗黑女王，但我就是靠著比董事長還忙跟Dory腦，導致我活得比較快樂一些。但萬一你記性超好，不能像Dory一樣老是忘光煩惱，那就……河濱公園從10K加碼到42K好了。總之就是去忙更值得的事情啦。建議大家做運動不只是嘴砲開玩笑喔，運動除了能讓你身體健

---

❶ 憂憂：電影《腦筋急轉彎》裡面，掌管憂鬱情緒的角色。

康、身材變好，重點是，真的是有夠累！我本身是習武之人，我做的運動除了一般的跑步游泳，還有重訓。我每次爬出健身房的時候，都會看到幻象，是我頭七的靈堂擺設哈哈。我真的很像被車撞到那樣全身都要殘廢，連呼吸都覺得累，哪來多的力氣去煩惱太多啦！

誰都不知道自己死期是什麼時候。我很常想，要是我明天突然就死了，萬一我死前還在糾結這件爛事情，舉例來說：我今天如果遭受莫名的酸民攻擊，我就這樣煩惱不已鬱鬱寡歡，隔天過馬路的時候被車撞死了——好啦或是講得比較貼近大多數人的煩惱，假使我為一個很爛的男人到底要選我還是選另一個女人，在那鬱鬱寡歡，隔天～～我就被車撞死了。

幹，真的是嘔到需要找閻羅王酗酒，怎麼就這樣死了?!我要像王又曾一樣到死前還是逍遙啊！所以我奉行，太鳥的煩惱千萬不要花費太多心力糾結，萬一我突然身亡，那我真的會嘔到比死還死。

盡量快樂點活，我們大家共勉之。

國家圖書館出版品預行編目資料

丹妮婊姐：人生哪來那麼多可是 / 丹妮婊姐著 -- 臺北
市：春光出版：家庭傳媒城邦分公司發行,民105.12
208面；14.8X21公分

ISBN 978-986-5922-95-5 (平裝)

855   105023773

丹妮婊姐：人生哪來那麼多可是

作　　者　／丹妮婊姐　　　　　　企劃選書人／楊秀真
責任編輯　／楊秀真

行銷企劃　／周丹蘋
業務主任　／范光杰
行銷業務經理／李振東
副總編輯　／王雪莉
總　經　理　／黃淑貞
發　行　人　／何飛鵬
法律顧問　／台英國際商務法律事務所　羅明通律師
出　　版　／春光出版
　　　　　　台北市104民生東路二段141號8樓
　　　　　　電話：(02)2500-7008　傳真：(02)2502-7759
　　　　　　部落格：http://stareast.pixnet.net/blog
　　　　　　Email：stareast_service@hmg.com.tw
發　　行　／英屬蓋曼群島商家庭傳媒股份有限公司城邦分公司
　　　　　　台北市民生東路二段141號11樓
　　　　　　書虫客服務專線：02-25007718．02-25007719
　　　　　　24小時傳真服務：02-25170999．02-25001991
　　　　　　服務時間：週一至週五09:30-12:00．13:30-17:00
　　　　　　郵撥帳號：19863813　戶名：書虫股份有限公司
　　　　　　讀者服務信箱E-mail：service@readingclub.com.tw
　　　　　　歡迎光臨城邦讀書花園　網址：www.cite.com.tw
香港發行所／城邦（香港）出版集團有限公司
　　　　　　香港灣仔駱克道193號東超商業中心1樓
　　　　　　E-mail：hkcite@biznetvigator.com
　　　　　　電話：(852) 2508-6231傳真：(852) 2578-9337
馬新發行所／城邦（馬新）出版集團【Cite(M)Sdn. Bhd.】
　　　　　　41, Jalan Radin Anum, Bandar Baru Sri Petaling, 57000 Kuala Lumpur,
　　　　　　Malaysia.
　　　　　　電話：(603)90578822　傳真：(603)90576622

封面設計　／黃聖文
內頁排版　／林佩樺
印　　刷　／高典印刷有限公司

城邦讀書花園
www.cite.com.tw

■ 2016年（民105）12月29日初版一刷　　　　Printed in Taiwan
■ 2021年（民110）1月15日初版5.6刷

售價／280元

104台北市民生東路二段141號11樓

英屬蓋曼群島商家庭傳媒股份有限公司
城邦分公司

- -

請沿虛線對折，謝謝！

遇見春光‧生命從此神采飛揚

春光出版

書號： OK0119 書名： 丹妮婊姐：人生哪來那麼多可是

讀者回函卡

謝謝您購買我們出版的書籍！請費心填寫此回函卡，我們將不定期寄上城邦集團最新的出版訊息。

姓名：_____

性別：□男　□女

生日：西元 _____年_____月_____日

地址：_____

聯絡電話：_____ 傳真：_____

E-mail：_____

職業：□1.學生 □2.軍公教 □3.服務 □4.金融 □5.製造 □6.資訊

　　　□7.傳播 □8.自由業 □9.農漁牧 □10.家管 □11.退休

　　　□12.其他 _____

您從何種方式得知本書消息？

　　□1.書店 □2.網路 □3.報紙 □4.雜誌 □5.廣播 □6.電視

　　□7.親友推薦 □8.其他 _____

您通常以何種方式購書？

　　□1.書店 □2.網路 □3.傳真訂購 □4.郵局劃撥 □5.其他 _____

您喜歡閱讀哪些類別的書籍？

　　□1.財經商業 □2.自然科學 □3.歷史 □4.法律 □5.文學

　　□6.休閒旅遊 □7.小說 □8.人物傳記 □9.生活、勵志

　　□10.其他 _____